听来的故事

高鸣 著
刘淑梅 绘

1

故事中有情趣
故事中有知识
故事中有哲理

文匯出版社

图书在版编目（CIP）数据

听来的故事 / 高鸣著. -- 上海 : 文汇出版社, 2015.7

ISBN 978-7-5496-1478-3

Ⅰ. ①听… Ⅱ. ①高… Ⅲ. ①短篇小说－小说集－中国－当代 Ⅳ. ①I247.7

中国版本图书馆CIP数据核字(2015)第164324号

听来的故事

著　　者　高　鸣
责任编辑　闻　之
装帧设计　陈嘉毅
排版制作　戚平康
出版发行　文匯出版社
　　　　　上海市威海路 755 号
　　　　　（邮政编码 200041）
印刷装订　无锡轻工大学印刷厂
版　　次　2015 年 7 月第 1 版
印　　次　2015 年 7 月第 1 次印刷
开　　本　787 × 1092　1/16
字　　数　114 千
印　　张　10.75
印　　数　1–50000

ISBN 978-7-5496-1478-3
定　　价　50.00 元

本质真实（自序）

高鸣

真实有两种，一种叫情节真实，一种叫本质真实。

情节真实，就是时间、地点、人物、事件乃至每个细节均是真而不假不虚的。本质真实，就是具有普遍意义，符合事物发展规律。

新闻报道要求情节真实与本质真实相统一。情节不真实，称之为假新闻；本质不真实，则新闻无价值。

文学与新闻不同，文学不求情节真实，但求本质真实，因为文学来于生活又高于生活，在情节上可以虚构，可以造假。

《听来的故事》，故事情节有真有假，这里的假，全是情节有假，并非本质不真。真故事，读者不妨当成新闻故事来看；虚构的故事，可以当作文学作品来读。

《听来的故事》我曾发在微信朋友圈里，从朋友们的点评中，我发现一个规律：凡是赞同我观点的，不仅认可故事本质真实，而且相信情节也是真实的；反之，凡是质疑我观点的，不仅否定故事本质真实，而且断定情节弄虚作假。这就给我启迪，文章是给价值观相似的人看的，文不投机半字多。

《听来的故事》除了追求故事本质真实，还争取故事中有知识有情趣有哲理，期望多一些读者喜欢她。

同道书评

我们都在“听来的故事”里

阮夕清

《听来的故事》是高鸣先生的第七本书了，我为《零成本的幸福生活》写了序言，为《精养情人》写了后记。《听来的故事》又邀我写序，深感荣幸。对这三本书的阅读，给我如何观照自身在当下的生活、并从中汲取成长，提供了不少帮助。我用了“成长”这个词来定义有效时间对一个人的改变，一个人的成长不仅属于少年和青年期，也属于中年和老年，这种成长是生命存在的价值体现。生活是一个永远渐变的过程，市面上的“圆满”很少通向精神世界的融达，却更接近现实生活中的“句号”。

高鸣所有的著作都提供了思想方法来解决精神困惑的能力启发，他着力于解决弥漫在这个时代的群体的精神危机，不是以开导、超脱、圆满等宗教性或伪宗教的说教为技术，而是直面生活本身，似西医般地直击病灶肌里。这其实是一种成长能力的补充，而我们很多成年人并无意识，自身已失去了成长能力，而滞于自以为是的“成熟”。把任何时候的自己都看作仍在成长，那么所有遇到的问题，所有的修正，都自然发生，不影响生命本身的鲜活。高鸣的写作，就是在维护着生命本身的力量，生命可以困惑、可以务虚，甚至在某些阶段，可以倒退，但它必然属于恒定的变化——不断地成长——他在维护这种被现实削弱的成长感。

因为这种成长感，我们的人生阶段不再是分割的，比如三十而立，四十不惑，我们的而立是可以从小开始，我们的不惑也可以持续到老年。《听来的故事》里的讲述者几乎涵盖了各个年龄阶段，这种个体思辩与普适智慧的搭桥是高鸣随笔写作的一贯表达，他可能自己也没意识到，这种表达里隐约闪现着人道主义的光芒，所有的问题是分开的，解决问题的智慧也是分开的，我们可以呈现，可以深思，但不存在某个终极意义上的智慧。

在读《听来的故事》时，我除了品味到高鸣智性、简约的文风外，更有一种读旧小说的韵味。中国旧小说如“三言”、“二拍”、“聊斋志异”、“清平山堂话本”之类，都是“听来的故事”。故事两字原是某种特定生活的指称，那种只属于少数人的，与普通人无关的生活。有些让人羡慕，而有一些则让人庆幸没有忝列其中，不管如何，都有舞台化的距离感。而高鸣则用各种与读者的思想互动还原了这一切，故事无非是表演的生活，生活都是拉长的故事。古小说承载的意旨野趣，到了高鸣这边成了生活化的切片，让故事还原到生活本身，一个又一个的小故事，正是一个又一个的小生活，它们组成了我们的世界，总有一个与我们有关。

其中的一个故事，不仅可以阐释作为阅读和写作推广人的笔者的理念，也可以为这篇序言的思想注脚：一个少年在作文中写道，你好，我爱你；少年家长请来的补习老先生替少年改道，因为你好，所以我爱你。因为所以一加后，文句变丑变胖还在其次，少年的热忱、真诚和情感初萌的无私，因为两个字的改动，而成了仔细考量后的定夺——少年成了中年。行文如做人。把这个故事引到我们的人生状态里，高鸣就是想让我们试一下，把生活中所有的因为所以去掉，由着本心看待和处理生活中的问题，每一个问题最终都会成为别人的“听来的故事”。

高先生与我亦师亦友，因他文字之励，我虽已四十，青春两字却从未离远，我想，哪怕再过四十年，我也依然会保持一个成长的状态，这也是活着本身的意义吧。

同道书评

高鸣式的故事

高韵洌

从小最喜欢听外婆讲故事。

外婆是个温暖的老式女子，幼时家境宽裕，童年随着弟弟上过几年新式学堂。如今 90 岁的她时常忆想当年：白色衬衫，黑色百褶裙，齐耳短发，三五个女学生走过街头，街坊们投来羡慕的眼光，用她的话说，是很被瞧得起的。外婆一辈子深居简出，却被动经历了民国、抗战、文革，个人悲喜不在话下，经历都变成了故事。

小时候觉得外婆说起故事特别好听。她是个有耐心的人，故事总是从很远的地方开始，讲着讲着，主人公不时退到一边，窜出一个配角，又引出故事中的故事，一波三折，时而纠心，时而畅快，绵绵不绝。有时候，讲得我们两个人都昏昏欲睡，突然清醒过来，拼命回忆故事进展到哪里，再接上线头，让情节继续。小孩子麻烦得很，即便外婆肚子里的故事早已翻了个底朝天，也还是缠着要听，外婆就重复讲那些老故事，梗概不变，细节常有出入，慢慢地我就会分辨这些细节的区别，挑出来问她，由一讲一听变成一问一答，很是有趣。

跟外婆生活了很多年，听了很多年的故事，逐渐理清了外婆讲故事的逻辑与规律。

外婆的故事大致有三类，一是个人成长史，二是口口相传的民间故事，三是名著中的经典故事。

其中以个人成长史的故事最丰富最感人。故事中出现的至亲基本都是正面人物，早逝的母亲善良又美丽；勤劳的父亲虽然时运不佳，但每每出场都是顶天立地、力挽狂澜的；长姐待她如母，弟弟更是了不起，学问高，事业好，早年常常接济外婆一家，情深似海。而非至亲者的形象就差多了，其中后妈是最坏的，据说日本人进城时，十几岁的她躲在房里洗澡，后妈打开三道门，让她暴露在日本人眼下。后婆婆（外公也是后妈所养）也不是好人，挑唆公公一辈子刁难她们一房，还有那些七姑八婶，没几个好东西。

以我对外婆人品的高度信任，我并不怀疑这些故事的真实性，但不禁猜想她根据亲疏之别筛选了故事，并强行推测了一些故事的原因。

外婆选讲的民间故事和经典名著大多是褒奖读书人的，我想这与她上过学堂有关，总觉得一切成就是爱读书会读书的缘故，一切问题的根源在于没有文化知识。

说了这么多离题的话，其实我是想借外婆来谈谈高老师的新作《听来的故事》。

高老师写杂文写新闻出身，最讲究文字干净利落。高老师讲故事，没有外婆的娓娓道来，没有足够篇幅的背景、环境描写，有些甚至跳过故事本身直接谈起了感想,好像缺了些“前戏”和“后戏”。鉴于选美比赛有分礼服赛和比基尼赛，我把外婆的讲故事方式比喻为礼服式的，把高老师的讲故事方式比喻为比基尼式的——爱看重点的读者请打起精神。

高老师讲故事也有他的逻辑和规律。虽说是“听来的故事”，但经过高老师这副耳朵收听整理筛选，留下的故事题材和角度一定是高老师式的。

作为一个毛泽东思想的坚定支持者，高老师“听来的故事”充满了辩证法。其中多个“斗争型”故事讲的是以其人之道还治其人之身的战略战术。打破传统，打破惯例的故事也不少。

作为《精养情人》的作者，高老师在男女相处之道上还有许多未尽之言，借这《听来的故事》，心意相托，望读者笑纳。

作为一个三岁男孩的外公，高老师对幼儿有了新的关注和新的认识。高老师上一本《精养女儿》虽然畅销，毕竟讲的都是十几二十年前的事了。本着与时俱进的原则，高老师重新出发，与外孙一起成长，这《听来的故事》中有几篇关于幼儿教育的，估计不久后可以独立成书《精养外孙》之类，翘首等待。

末了，作为高老师的女儿，我要说几句公道话。首先，读者朋友们，你们很幸福。通过这本书，你们听到了大部分我从小至今听到的爸爸讲的故事，等于分享了我的爸爸，而我没有分享到你们的爸爸哦。

其次，如同我部分怀疑外婆的故事，我也部分怀疑高老师的故事。希望你们听毛主席的话，用辩证批判独立的耳朵听故事——哦，这也是高老师的话。

最后，欢迎将你听到的好故事告诉高老师，如果符合高老师耳朵的品味，也许会出现在这本书的续集中。录用有奖。谢谢参与！

目　录

1. 情人节礼物

今天是临近情人节的 2 月 13 日。这个故事是我的一个朋友从他的朋友那里听来的，觉得有意思，他转告我的。

她今年 38 岁，在大学里当语文老师。半年前在书店偶遇一位年龄相仿、看着舒服、说话投机的男士，交往几次以后两个人成了情人。

数月来，这对情人约会多多，感情似乎不错。5 天前，在情意绵绵的氛围中，女的对男的说："情人节你送我什么礼物呢？"男的沉思片刻说："还没想好。"

昨天下午，女方收到男方一份快递，打开纸袋，见一精美礼盒。她一阵惊喜，钻石？项链？手表？她猜想着，不急于打开，给自己暂时留个悬念，准备晚上坐在床上再见分晓。

晚上9点，她回到了一个人居住的家，洗澡、刷牙。一个小时后她坐在床上，打开礼盒。盒内是个漂亮的信封，上书“情人节礼物”。这家伙直接送钱了？土包子！她如此第一反应。

拆开信封，是一封手写的信。全文如下：小李，看完此文，但愿你不会失望。几天前你提醒我要送你情人节礼物，说实话，我当时就有点不悦。我想，我俩本身，就该是对方最好的情人节礼物，应该没必要走形式再去弄个什么所谓的情人节礼物。是不是你对我不满意了，要除我这个人以外，再加些物质的东西，才可勉强配得上你？你说因为你是小女人，所以你需要情人节礼物之类俗套的东西。我不明白，你为什么不学着做大小姐呢？大小姐不世俗，朴素，本质。你还大学语文老师呢，不怕你的学生们笑话你？说实话，自从我们相识以来，我一直对你的方方面面很满意，也喜欢你。可在你要我送情人节礼物这件事上，我对你颇不满意。看了上述的话，你可以说我小气，也可以说我没有情趣，甚至可以说我是怪胎。这些都没关系，我做不到做不真实的自己。以上文字，权当我发自内心最最想送你的情人节礼物。如有得罪，万望恕罪！情人节快乐！

微友点评：

钟志刚：玩情调的最高境界。（2月13日8：22）

周铭芳：女的把男的当情人了，男的没有。（2月13日8:48）

舒雅：在这个情人节，这个女孩要伤心了。(2月13日8:43)

洛梅：太多感情最终败给了物质，沟通有碍，二人都有问题。一个风信子，一个冷如秋，分手是必然。(2月13日8:00)

刘长江：未能免俗者批评另一个俗，让人怎么服气？替女的叫屈。(2月22日20:22)

八风不动：想知道后来怎么样了？(2月13日7:59)

回复八风不动：后来这对情人感情更好了，女方觉得男方真实，男方觉得女方没因他的信而生气，也非寻常女子。(2月23日8:07)

刘淑梅　绘

2. 如此婚介

这个故事是一个婚介所离职的员工说给我听的。

我是无锡人，刚从杭州的一家高端婚姻介绍所离职回来。这家婚介所专为富二代、官二代以及成功人士介绍婚姻对象。规则如下：报名者一次性交纳中介服务费5万元，婚介所无限期为报名者在高端人群中物色对象，直到婚配成功，“有情人终成眷属”。

这家婚介所是2009年创办的，我在此工作两年有余。目前，报名会员已达四位数。就是说，婚介所营收超过了5000万元。近6年来，这家婚介所介绍成功了几对呢？是一个不可思议的数字——零。

俗话说，门当户对。按理说，高端婚介，前来报名的都是高端人群，非富即贵，应该“成交”率高的，上千个人，概率百分之一，也该有那么好几对走进婚姻，如何会是零“成交”呢？

原来，和普通婚介以及诸如房产中介、保姆中介不一样的是，别的中介追求的是“成交”，因为只有“成交”了，客户才付钱，中介才有营收和利润。而上述那家所谓的高端婚介所，采用的游戏规则是，报名即交费，获利与“成交”无关。所以，追求的反而是不“成交”,因为只有不“成交”,婚介所数据库里的人选才会多多，才会给客人有广泛选择的假象。

为了让男女客户不“成交”，他们煞费苦心:介绍的具体对象，他或她身上不足的地方，正好是对方在乎，不能接受的那个点。比如，有位女士特讲究男方容貌，婚介所就让学历博士、家庭富裕，但长得太不行的先生与她见面。比如，有位男士特讲究女方学历，婚介所就介绍一位长得秀美的歌星，但仅初中毕业的小姐给他相识。如此这般，自然“成交”的可能性小之又小，而你又不能说这家婚介所没替你介绍优秀人选，怪不得他们。

一年又一年过去了，前来报名的红男绿女一个个从其他途径找到了意中人，婚介所也就“大功告成”，心安理得地将那一个又一个5万元归为己有，成为创收大户，老板也成了成功人士。

微友点评：

孤掌独鸣：动机决定制度，制度决定行动，行动决定结果。（2

月 18 日 1:08）

心系天下：赞同点评！（2 月 17 日 1:30）

张文聆：点评经典！（2 月 17 日 1:20）

徐鸿胜：林子大了，啥鸟都有。转了。（2 月 17 日 8:11）

刘淑梅　绘

3. 换个说法

这个故事是我女儿讲给我听的。

好多年前有一家民营电影院，为了增加营收，打破了当时影院不供应零食和茶水的常规。

无论是电影放映前，还是两部电影中的场间休息，影院穿着统一服装的服务员总会走到每一位观众面前，微笑着轻声问："先生，喝茶吗？"、"小姐，喝茶吗？"

据统计，三分之一左右的观众接受了推销。如何才能吸引更多的观众观影时喝茶呢？老板请来几位营销高手支招。有的建议降低茶价，薄利多销；有的建议增加茶的品种，让消费者有更多选择。这两个方法试用以后，效果并不明显，虽然多了几个喝茶的，但由于降了单价，总收入并没有增加。

正在老板一筹莫展的时候，观众中有位常客献上计来：让服务员换个说法，将“先生，喝茶吗？”改说“先生，您喝绿茶还是红茶？”奇妙得很，换个说法，效果立显，喝茶的人增加了几乎一倍，由原来的三分之一增加到三分之二。

为了奖励这位贡献妙计者，影院免他一年观影门票，且为他常年免费供应茶水。

微友点评：

亦受：不是献计者聪明，而是好多人不聪明，太容易被引导。（2 月 17 日下午 11: 30）

洛梅：定向选择题。（2 月 17 日下午 11: 34）

尤丽英：营销学上称之为“二选一”。（2 月 17 日下午 11: 39）

张一：《听来的故事》全篇都很有味道，应该专门集结。（2 月 17 日 11: 49）

云飞儿：引导是营销学的首要手段。（2 月 18 日上午 7: 57）

王玲珑: 我就是常常不聪明被别人误导。（2 月 18 日上午 7: 58）

《换个说法》由无锡朗诗绿色街区推荐阅读

刘淑梅　绘

4. 快了 10 秒

这个故事，是我的一个广告同行两年前讲给我听的亲身经历。

有一天下午，我去江阴一个镇上的一家钢材企业销售户外广告。刘董事长亲自接待我，我们谈得挺顺利，不仅签订了一份 10 万元总价的合同，还拿到了预付款——一张 5 万元的现金支票。

当天离开刘董后，我迅即赶去镇上的农业银行门市部，意欲立马领取现金，无奈刚过下午 5 点，银行打烊了。

第二天我比平时早了一个小时起床，夫人问其故，我说，我要赶去江阴那个镇上，到银行等开门，第一时间把钱取出来，以防变故。夫人讥我忧天，笑我过虑，说支票在手还怕啥？

我没理她，谨慎为上，晨 7 点 50 分赶到银行，8 点准成了银行当天第一个客人，5 分钟办完取钱手续，快步离开银行。

约 10 秒钟后，我手机响起，刘董来电，说："你真快，我刚通知银行，让他们别付我公司给你的 5 万元，因我们改变主意了，不想做那笔户外广告了。谁知你快了一步，算你运气好。"

听口气，既然钱已出去，刘董也认了。我随即表示："感谢刘董诚信，一定做好服务。"

事后有朋友问我，何以先见之明，判断有了支票，取钱依然有风险？我答，一方面，民营企业大多是夫妻老婆店，难免男主人白天的决策晚上告知老婆后，女主人反对，而且反对有效。另一方面，镇上的企业与镇上的银行挺熟，一个电话就可让银行拒付支票上的钱。

微友点评：

卫平：什么叫惧者生存？上述故事给我们上了一课。（2 月 18 日上午 8: 25）

何萍：差之毫厘失之千里啊！（2 月 18 日上上午 11：00）

阿琛姐姐：还有这事丫，高见。（2 月 18 日 12: 51）

刘长江：慧眼看穿世态。（2 月 22 日下午 8: 12）

《快了 10 秒》由无锡上海中心城开国际推荐阅读

刘淑梅　绘

5. 产品质量

常常听说，产品质量是企业的生命。新近听一家民营企业老板说，产品质量不好，才是他们企业的生命。以下是他讲的故事。

我们公司是生产工程机械的，主要产品是筑路机。这种产品的客户大多不是事业单位，便是国有企业。此类单位的采购人员通常要拿“好处”、吃“回扣”。

面对特殊的市场，我采取了有针对性的生产和营销战略——把产品质量做低。这样有两大好处：一是做低质量的产品成本低，可以创造更多利润，利润多了就有钱去送给有权采购我们产品的人。二是低质量的产品使用寿命短，可以提高客户前来采购的频率。做低质量产品，一举两得，何乐而不为?

我一手做低质量的筑路机，一手给客户送“好处”，对此客户如何评价呢？几个用户朋友对我说：“老李啊，你的产品质量太差了，别的筑路机一般可用6年，而你们产的，用了4年就淘汰了。不过，你这个人还是很好的，所以我们会继续跟你做生意，和你交朋友！”

我的产品客户说不好，我这个人客人说好，正是我做事做人的成功之道。产品质量不好，实在是企业的生命啊！

微友点评：

酵素：高老师，某种体制造成的恶果是人人唯利是图，毫无底线，也将毫无创新的动力，整个社会将不断退化。（2月18日下午11:16）

刘长江：高老师在写《耳闻目睹怪现状》？设定产品的寿命和占领低端市场有道理，但这种客户是国有公用的市政道路公司，侵占公众利益，中饱私囊的事现在有风险了。私有化是一剂制度层面的反腐良药。（2月19日上午8:06）

渔帆：有狼的地方就有羊（2月19日下午9:59）

刘淑梅　绘

6. 办厂经验

想起了20多年前听到的一个故事。那时苏南农村到处都是乡镇企业，故事是我的一个朋友——一家镇办企业的厂长跟我说的。

高记者，你不知道吧，当乡镇企业厂长比当任何企业老板都好，为什么？你看，投资是集体的，亏损与经营者无关，而赚了钱，厂长有大大的使用权，包括购车权，请客送礼权，发放奖金权，采购原料权，等等。用权过程中，谋私的机会多多。

当乡镇企业厂长唯一不爽的是，厂长由镇党委镇政府任命，一旦得罪了父母官，不管你厂办得好不好，职位难保。这一点还好对付，一听话，二送礼，领导就喜欢。难的是，企业一旦办好了，产供销顺了，盈利了，镇领导往往就会以某种理由免你职，让其大侄子、小舅子或铁哥们之类取而代之，以实现他们个人利益最大化。

办法总比难处多。我的成功经验是，把企业办得既不亏损，也不盈利。不亏损，是为了让企业生存下去，上对得起集体，下对得起员工。不盈利，是为了保住自己的乌纱帽，让镇领导没有让亲朋好友前来摘胜利成果的利益驱动。

要企业不盈利，办法可多了，如过度添置设备，多发员工福利，平时铺张浪费，迟迟不收应收款，等等。

正因为我有让企业不盈利的办厂经验，我连任了10年厂长没被更换，还因不盈利，转制时成功得手，成了企业的老板。

转制后，这家企业年年产值过亿，利润过千万。

微友点评：

周广生：这就是乡镇企业的弊端。（2月19日 2:51）

酵素：怪胎体制塑造怪胎思维。（2月19日 3:57）

洛梅：互害模式。（2月19日 7:55）

刘淑梅　绘

7. 张萍在吗？

我有一个官二代同学，这个故事是他讲的。

我年轻的时候上门说亲的人蛮多的，一则我门第好，父亲是市领导；一则我长得英俊，还会写写文章。

有一天我妈对我说，去买些糖果，晚上有人上门替你介绍对象。晚上果然来了一对中年男女，声称是女方舅舅舅妈。他们仔细打量了我一番，又问我喜欢什么样的女孩子。看神色，对我甚是满意。于是，他们开始介绍女孩：漂亮，身高 1 米 60，温柔，机灵，在一家糖果厂当工人。

听完介绍，我颇有跟这个女孩见面的兴趣。我妈也说："可以安排见个面，反正见面以后觉得不适合，也没什么关系的。"

我了解我妈，知道她的本意是，要对方别有顾虑，见面后对我不满意即可不谈下去。可在外人听来，会不会以为，我妈是在事先给女方打预防针，意思是只是见见，不是正儿八经正式谈对象？对方会不会以为，我们是在选美似的，是居高临下？这些问题，至今不得而知。

媒人走了以后，再无下文，并未安排见面，也无任何解释。

我倒是脑子里忘不了这位漂亮、温柔、机灵、身高适中的“糖果女工”了，决定自己去找，还好知道叫蒋丽娜，糖果厂在哪？

这家糖果厂有 300 多员工，上班时间三班倒。为了找到那个可人儿，有一天我分早班、中班和晚班三个时段，每次访遍这家厂的所有车间。

“张萍”在吗？每进一个车间，我边如此问，边迅速扫视每一个年轻女工，寻觅有没有心目中的“蒋丽娜”。

结果是，没有一个看得上眼的。那对媒人怎么回事啊？

微友点评：

蔡法：回忆往事，心中美滋滋。（2 月 19 日上午 10: 54）

何萍：新聊斋故事。（2 月 19 日上午 10: 54）

Angela：得不到永远是最好的。（2月19日上午10:58）

茉莉：这个寻找的过程是开心的。（2月19日下午1:06）

《张萍在吗？》由大连元生太海参养殖有限公司推荐阅读

元生太放养基地：

大连元生太海参养殖，位于大连市小岛，大连海参是驰名世界的海珍品，口感鲜美，营养丰富，作为滋补佳品受到消费者的青睐。小岛海水氯化钠含量较高，有丰富的盐资源，水产品资源比较丰富，沿海一带是全国重点水产基地之一。小岛所在的海域珍品丰富，岛静滩阔，远看如同一幅迷人的风景画，身临其境更是犹如世外桃源。小岛附近有众多海参、鲍鱼养殖基地，也是游客们垂钓、休闲、娱乐的首选。

元生太的养殖水域平均深度约7-8米，海水越深海参的生长周期越久，体壁肥厚，肉质丰腴，品质越好；养殖基地占据了独特的地理优势——北纬39度，成功造就了海刺参的卓越品质。当海盐度达到31度时，海参的品质最好。为了确保消费者能够享受到真正绿色健康的海参产品，我们坚持养殖、加工无任何添加，以确保产品的纯净度。

刘淑梅　绘

8. 性骚扰

这个故事是我初中时一个很铁的同学讲的。

我 7 岁那年，在幼儿园上大班，当班长。不知什么原因，好像跟生理没有关系，我对女性有那么一点点好奇和兴趣了。

有一天下午，老师要我们午休，她自己好象去院长办公室开会了。我突发奇想，要做一件我又喜欢又刺激的事。我故意走出教室几分钟，返回时，我对全班同学说，刚才华老师交待我了，要我们小孩学会打针。我是班长，让我带头学。现在我宣布，女士优先，我报到名字的女生，到隔壁小房间被“打针”。我用一根冰棍小木条举手示意，让大家别害怕。

同学们果然信以为真，没有一个质疑。女生们一个一个分别被我叫到原先就是正式打针的小房间，脱下裤子，全裸屁股。我一律拍两下左右屁股，再用小木条在屁股上轻轻一触，完成流程。全班

12 名女生无一幸免，全程仅花了 10 多分种。

做完后，我一阵得意，感觉自己是个神童，小天才。现在想想，那不是性骚扰吗？有个记性好的女生，前些天见到我，还脸红了。

微友点评：

杨平华：这个班长“鬼胆大”，现在干什么的。

梵心果：没有之前的性骚扰，也不会有如今的天赋。（2 月 19 日下午：8：23）

王华：这真是“春天”的故事啊！（2 月 19 日下午 8: 57）

《性骚扰》由江阴市南农蔬菜专业合作社推荐阅读

NANNONG 南农

为生活 / 为健康

江阴市南农蔬菜专业合作社成立于 2009 年，地处江阴市南闸街道 6000 亩蔬菜基地的中心，内联 400 多个种养殖专业户，外联市内外多家规模化种养殖基地，是一家设施完备、物流配套、产销一体，规范化管理、产业化运行，集蔬菜、肉禽等农副产品生产、加工、直销配送的专业化农业企业。

刘淑梅　绘

9. 你来我往

故事发生在 1976 年，当时我在一家工厂当工人。一个同事跟我讲了这样一件事。

我们一轧车间有这样一条劳动纪律：上班不准看书。

当时我还是一个学徒工，学的是电工。学电工光在实践中学是不够的，需要掌握好多理论知识，于是我常常在上班没事干的时候“偷”看电工书。有一天上夜班，我躲在电工间里看电工书，被突然进来“暗访”的车间主任抓了“现场”。他严厉地说：“书暂时没收，写好检查来换。”说完，也不听我分辩，扬长而去。

我心里很不服气，我想我上班时又没读杂书，我读电工书，有利增长业务知识，有益于以后的工作。我决定有来有往，盯着这个车间主任，非要找出一点他的问题不可。

车间主任难得夜里出现在车间，平时上的是白班。为了找他“错”，有一天我上完夜班没回家，白天远远跟着他。机会终于来临：下午 3 点 50 分，他用气筒在为自己的自行车打气，准备 4 点下班回家。上班干私活，分明是违反劳动纪律的，而且比上班看书情节更严重。我一阵惊喜，快步上前夺下气筒，对他严厉地说：“写好检查，来换气筒！”他惊呆，我扬长而去。

后来他派一个车间副主任用我的书，换回了他的气筒。两样物品在平和中物归其主了，颇有点交换俘虏的味道。

微友点评：

亦受：一个领导者，假如自己不遵守法纪，那么他在群众中就是一只纸老虎！（2 月 20 日上午 9：30）

大师：小年轻们，在现实生活中千万不要模仿，得罪了现管，以后还怎么混？（2 月 20 日上午 9：33）

刘淑梅　绘

10. 私生子

这是我一个朋友的朋友的故事。

我的朋友告诉我：7 年前，他的一个办企业的朋友，养了一个大学生当二奶。双方谈妥，包养两年，包养费 100 万元。开始没想到要生孩子，可当二奶怀孕了，又经“检测”是男孩时，男的坚持要生下来,女的起先不答应,后经谈判男方加价 50 万,二奶妥协了。

怀孕期间，二奶反复表示，孩子出生后，她决计不养，以便日后嫁人。问男方，孩子怎么办？男子说，办法总比困难多，天无绝人之路，到时再说吧。

这个包二奶的男子，和正妻已育有一男一女，第二胎已属超计划生育，还罚过 60 万元款。如果将新生儿的来历公之于众，既违反计生政策，又违背社会伦理，还无脸向家庭交待。如何是好？确乎伤透了脑筋！

急中生智。孩子出生第6天,男子终于灵机一动,想出了办法。他对二奶说，你只需如此如此，其他我自有安排。

孩子出生第7天，男子携夫人去朋友家作客吃晚饭，饭后又打麻将，直到深夜方休。男子及夫人开车回家途中见汽油将尽，便去附近加油站加油。车刚停下，听到婴儿啼哭声，走近一看，婴儿在一个包袱中，显然是被生父母遗弃。

善良的夫人主动向夫君请求，将孩子抱回家——领养！男子犹豫片刻，听从了夫人的意见。

几年以后，夫人及两个大孩子均对小“弟弟”有了深厚感情，男子才坦白交代，说出“弟弟”的来历。

微友点评

洛梅：办法总比困难多。(2月22日下午5:18)

尤丽英：男人的自私而已。(2月22日下午1:03)

刘淑梅　绘

11. 稍等 5 分钟

一天朋友从上海回来，见了我就讲当天发生的故事。

我和夫人早晨开车去上海，中午返回。回来时沪宁高速上海收费站堵车严重，好不容易轮到我伸手向服务员拿通行卡，不料窗口出现一块牌子，上书："中午换岗，稍等 5 分钟。"

我常在高速上行驶，跑遍全国未见"中午换岗，稍等 5 分钟"之类。后面的车见前面不动，不知何故，司机纷纷前来弄个明白。见缘故如此荒谬，批评声、责怪声、骂娘声此起彼伏。

我顿时来了灵感，决定以其人之道还治其人之身：待收费站换岗结束，服务员伸手递我通行证时，我给他一纸条，上书"司机替换，稍等 5 分钟。"

我的此举得到了众司机的热烈拥护，却急坏了窗内的工作人员。相持约 3 分钟后，收费站一位领导出现了，他问明原委后，一个劲批评内部员工，并向我们连声道歉。

中国人民是很善良的，我们见领导认错，受宠若惊，气全消了。交通立马畅通。

微友点评：

阿蔓：智慧。（2 月 23 日凌晨 0:08）

佛前一灵莲：以其人之道还治其人之身。（3 月 2 日下午 1:21）

刘淑梅　绘

12. 吓跑财神

今天上午，朋友在电话里跟我讲了一个有趣的故事。

我有个隔壁邻居，夫妻俩一大早就吵架，原因是，女的坚持要去买鞭炮放，说是今天初 5 要用鞭炮声接财神，以保今年家里财源滚滚。男的坚决反对，说刺耳的鞭炮声会把财神吓跑，而且，买鞭炮要花钱的，本身就是失财之举。

夫妻吵架一时不分胜负，谁也没有说服对方。男的说，我出去买包烟，回头再跟你理论。男子在买烟的小店顺手买了张即时开奖的彩票。正是天赐财运，彩票一开，居然中奖 10 万元。

男子兴高采烈跑回家，“夫人，夫人，我们中奖了，整整 10 万啊，顶你一年工资收入了呢！”夫人因吵架板着的脸迅即鲜花怒放，一边亲吻夫君，一边大彻大悟地说：“是啊，家家户户的鞭炮声把财神吓跑了，财神无处可逃，到我们不放鞭炮的家避难来了。”

朋友在电话那头说：”你我都没放鞭炮吧，预祝我们好运。”

微友点评

禅心 · 宁儿 · 瑜伽：这故事把财神爷也逗乐了。（2 月 23 日上午 9: 37）

亚如：好！（2 月 23 日下午 1: 01）

《吓跑财神》由振轩集团推荐阅读

常州市振轩汽车修理有限公司

常州市振轩停车场有限公司

312 国道常州服务区

江苏振轩路桥工程有限公司

江苏振轩工程机械有限公司

响水海龙运输有限公司

江苏振轩工程机械有限公司上海分公司

刘淑梅　绘

13. 病房里的婚礼

这个故事是一家医院的一个护士说给我听的。

年初三我值班，中午时分送来一个病人。这个病人穿着婚纱，是直接从一家大酒店的婚礼现场送来的。来时在昏迷状态，经医治苏醒了，挂了两瓶营养液。

据这位“婚纱病人”的父亲说，她女儿为了身材苗条，本来1米60身高、体重50公斤，不胖不瘦，硬是减肥至45公斤，实现了所谓的魔鬼身材，结果体质弱了，常犯低血糖。这是昏迷的第一个原因。第二个原因是筹备婚礼累的，又是布置新房，又是旅行摄影，又是通知亲朋好友，忙累了整整三个月。第三个原因是，明明气温零度，厚暖的衣服不穿，穿了那薄如纸的婚纱。体质弱，累，又受凉，不病倒才怪呢！

护士说，新娘的父亲挺开明的，很有理念。他开导女儿说，孩子啊，你要晓得，健康比苗条重要，内容比形式重要，你和你的先生有感情又办了婚姻登记，这就够了，还办什么婚礼呢！既累了自己，又麻烦亲友。还有，天冷穿棉衣最好，怎能省衣冻骨呢！

新娘闭着眼睛，无话，无表情。

新娘的母亲带着十多个至亲来了，说，那几百号人安排他们自己喝喜酒了，我们这些自己人就在医院病房举行婚礼吧！

微友点评

亚如：哈哈。（2 月 24 日上午 10: 21）

佛前一灵连：现代无知的女青年缺乏的东西太多。（3 月 1 日下午 10: 58）

刘淑梅　绘

14. 还我香烟！

这个故事发生在20年前了。那时马路上没有电子警察，司机违法交通规则，全靠交警现场执法。

有一天我去常州奔牛机场赶乘飞机，出租车司机见我时间有点紧，快速行驶，不小心在一个十字路口闯了红灯，被一名交警抓了“现行”。

司机要我在车里稍等，说有办法搞定交警。只见他把那个交警请到马路边，开始小声对话，逐步发展到吵架，后来见那警察气呼呼地挥手让司机快走。

司机上车后，我好奇地问，明明你闯了红灯违了规，怎么靠吵架就能解决问题呢，既不扣分又不罚款了？司机笑着说，靠吵架当然没用，我是要他还我上次送他的一条中华烟。他不承认，我们才争吵起来。我提醒交警说，你怎么忘了，上次也在这个路段，也是我闯红灯,也是你把我拦下。那次我车里正好有条烟,便送给了你，你也就不扣分不罚款放我行了。今天你要公事公办,那就还我烟吧!或者我跟你去你单位处理。他也许权衡利弊觉得跟我吵下去得不偿失，于是自认倒霉挥手让我走了。

我问司机，那你究竟有没有送过他一条中华香烟呢？司机得意一笑："没有的事，问题是在没有证人的情况下，送与不送已是一回事了，双方都说不清。我比他勇，我就赢了。"

微友点评：

雅雅：混江湖的狡猾。（2月26日上午8:12）

声过云霄：这司机是无赖，没有道德底线。（2月26日上午10：32）

一颗智齿：太极致啦！！（2月28如下午7:00）

《还我香烟！》由无锡市迅杰物流有限公司推荐阅读。

刘淑梅　绘

15. 叫我阿姨

我有一同事是个电影迷,下面这个有关看电影的故事是他讲的。

我从小喜欢看电影,那时电影票价仅 5 分钱,又总是父母买票,故没有觉得贵。当我进工厂当了学徒时，电影票价涨到了 5 角钱，而我的学徒工资是每月 15 元，也就是说看一场电影要花费我一天的劳动收入。

这就两难了：电影不看吧，要放弃自己的爱好，很是不爽；买票看吧，又舍不得钱，还是不爽。如何是好？最好是逃票！

我有过乘检票员不注意，溜进影院的经历。可这样的经历太冒险，一旦被发现，除了要补票，还大庭广众下出洋相。

既不要买票，又无需冒险的机会总是有的，试举一例:有一次，我在一家电影院门口转悠，正在设法怎样溜进去。天赐良机：只见有个中年妇女带着一个六七岁的男孩走近检票处；检票员对小男孩说，“平平，叫我阿姨，我让你进去看电影。”“阿姨好！”小男孩很听话。

我见到，那个带着小孩的中年妇女没经检票就进去了。叫声阿姨多容易，我也会。于是我快步上去，也对那位检票阿姨柔声喊道“阿姨好！”待她还没反应过来，我已走进影院。情理之中——她没有前来阻拦我，而是一声不吭。

阿姨好，阿姨好，叫一声就能让我免费看电影。不过，这样的好事，只有在电影院是国营的情形下才可能发生。为什么？你懂的。

微友点评

张义聆：童趣。（2 月 26 日下午 1:01）

刘淑梅　绘

16. 恐怖袭击

一个好友跟我讲了个他 6 岁时自己的故事。

我小时候出奇地调皮，幼儿园老师不喜欢我，父母亲也不喜欢我，判定我长大以后不会有出息。好在爷爷奶奶还把我当宝贝，处处宠着我。

小孩是这样的，谁对他好，他就跟谁亲。我也不例外。我愿意跟爷爷奶奶生活，不高兴回家跟父母在一起。有一天是周末，父亲不顾我的反对，硬把我从爷爷奶奶处接回家。回家后，我哭闹不止，吵着要返回爷爷奶奶处。在反复劝说无效的情况下，我妈动怒了，指挥我父亲将我痛打了一顿。

打完后，我妈余怒未消，又把我按在一张小凳上，要我面壁反思自己的不是。此时夜已深，父母亲便上床睡觉。我反思的结论是，我哭闹确实不对，但父母平时对我不够好也是原因，他们也该反思。

尤其是，他们以大欺小，以强欺弱，对我又是痛打又是令我深夜坐冷板凳，属于过度处罚。我越想越来气，决定奋起反抗，并作好了被暴打的准备。见他们似乎已睡着，我便举起小板凳向他们床头砸去……

黑暗中我不清楚砸痛了他们没有，只知道惊醒了他们。出乎意料的是，父母没有因此继续打我，而是允我回房睡觉了。

如今回想起来，我小时侯深夜用凳子砸父母的行为，有点类似恐怖袭击。而给人的启发是：一个人，一个组织，哪怕再强大，对于恐怖袭击总是有所畏惧的！

微友点评

八风不动:有胆有识,从小看到老一半!（2月26日下午3:00）

舒雅：哪里有压迫，哪里就有反抗，小孩都明白这个道理。（2月26日上午3:30）

刘淑梅　绘

17. 小孩不装病？

这个故事发生在我的小外孙身上。

小外孙刚满 3 周岁，姓唐名境远，先天足，后天调养也不差，故身体状况蛮好的。不过，一年半载有个咳嗽感冒总是难免的。

有一次，我们发现他到了吃饭时间没有食欲，感觉不对劲，一量体温，果然有问题——高烧 39 度。于是他外婆说："小孩不装病。"

又有一次，他在外没走几步路就要求大人抱，一反平时喜欢自己走不要别人抱的常态。一摸他额头，烫烫的。于是他爷爷也说："小孩不装病。"

年初六晚上，他缠着要我跟他讲故事，我说我肚子里的故事都讲完了，今天你讲个故事给我听听吧。他沉思片刻，讲了如下的故事：

有个小孩名叫唐境远，几次听到大人说“小孩不装病”，于是他想，以后可以装病了，因为反正大人看不出来，大人相信——小孩不装病。

微友点评

倪好：高，真是高。（3 月 1 日下午 9:50）

佛前一灵莲：唐境远的智商、情商超高。（3 月 1 日下午 9：54）

徐敏华：人小鬼大。（3 月 4 日上午 7:39）

刘淑梅　绘

18. 至少点个赞

几天前去昆山朋友家作客，返锡乘的是出租车。司机很健谈，跟我说了个借钱的故事。

像我这样开出租车的，经济上比上不足比下有余，跟开厂开公司的老板不能比，但比那些企业打工的又好一些。今年春节前，就有几个经济上不如我家的人向我或我夫人借钱。

被人借钱总是件尴尬的事情，借吧，总有那么几分风险；不借吧，不是朋友就是熟人，面子上似乎过不去。

前来借钱的有三位，借款金额分别是3万、2万、1万，借款期限倒是一致的，均为一个季度。借款理由嘛，好像都是年关有点急用之类。

借还是不借？我和夫人商量，结论是区别对待。以何标准？最后不是以金额多少为条件，也不是考虑对方的偿还能力，恰恰是看向我们借钱的人平时在微信朋友圈里有没有为我们点赞！

说来也巧，我和夫人以及上述三位借款人均在同一个微信朋友圈里。三位借款人相互也较熟，而且在微信圈里常常互相点评点赞。而我和夫人发现，三位借款人中那个提出借款2万的，平时从未在微信上点评或点赞过我们。我和夫人感觉，要么是他同我们的价值观不一致，要么是他跟我们不够交情。所以，我们把钱借给了另两位给我们点赞的人，而唯独没有借给这个不给我们点赞的人。

我脑子里挥不去这样一句话：向我借钱，至少点个赞！

微友点评

许百灵：我点那么多赞，明天可以借到钱了。（3月2日下午11:50）

玲珑：哈哈，还有这样的效果。（3月3日 0:11）

刘淑梅　绘

19. 一只野猫

这个故事是我从一个 80 岁的老人那里听来的。

我从小就不喜欢猫，讨厌猫，还有点怕猫。记得八岁那年，上一年级，有一天放学回家，走到一座桥上，见一只病猫似的野猫扒在桥面的边缘。我走近那猫，似乎不假思索地飞起一脚，把它踢到了河中央。没等看清猫的进一步下场，我便怀着忐忑不安的心情离开了现场。

我不知道那只猫当时还能不能游泳自救。随着年岁的增长，我尽管没有增进几分对猫的感情，但越来越觉得踢猫下河的举动实在残忍，每每忆起，不免内疚。70 多年以来，我无数次有意无意地来到当年作案现场，好像有点扫墓的意思。

去年夏季的一个下午，天下着濛濛细雨，当我再次来到那座桥上，惊奇地见到 70 多年前的那只猫出现了，还是那么大小，还是那种黑色，还是那样病病的，还是扒在桥面边缘当年的位置。此时怜悯之心油然而生，我快步上去将它抱起。

可是我还是不喜欢猫的，还是有点怕猫，我抱起它只是要救它一命。于是，我把它送给了邻居一个爱猫的小姑娘。

小姑娘二话没说欣然接受了它。经过几天的悉心照料，那只如今的家猫恢复了生机。

现在我常常会见到它。仔细观察，发现它时而对我怒目，似乎在记我当年的仇；时而对我柔情，好像在感激我后来的恩。

世界上怎么会有这样的猫？！

微友点评：

亚如：想不通的，猫怎么能活70多年啊！（3月4日下午8:35）

太湖景秀园沙女士：世界总是给知道忏悔的人改过的机会；生活只给懂得原谅自己的人以活路。（3月4日下午8:45）

杨蕾：70岁的猫，肯定是仙了。（3月4日9:50）

《一只野猫》由富士房车（江苏）有限公司推荐阅读

刘淑梅　绘

20. 那条倒霉的鱼

人有时是会倒霉的，我在工厂上班时，就听说邻厂的一个人走在人行道上被冲上来的一辆卡车当场撞死。

动物也有倒霉的，我小时候在农村听同学讲过一条倒霉的鱼的故事。

夏天，有一天晚上，我一手拿着手电筒，一手拿着鱼叉，去附近的小河及池塘叉鱼。往日，我收获通常不错，一般个把小时总能叉到几条鱼。这个晚上居然两个小时没叉到一条鱼，我没信心坚持了，觉得今天运气不好，于是扫兴而归。

在回家的路上，我无意识地把手中的鱼叉往路边的小河里一掷，万万没想到的是，当我把鱼叉收回来时，竟然发现鱼叉的前端有条足有两斤大的鱼。

钓也好，网也好，叉也好，我曾抓到过的鱼不计其数。我想，许许多多的鱼被我抓到似乎都有必然性，好像没什么可怨的。可那条被我在黑暗中无意识叉到的鱼，其倒霉的概率实在太低了，大约低于走人行道还被车撞死。

“人生无常，鱼生也无常。”我同学说。

微友点评

周广生：人生无常，众生皆如是。（3 月 6 日下午 11: 37）

徐敏华：天意难违，运气难推。（3 月 6 日下午 11: 14）

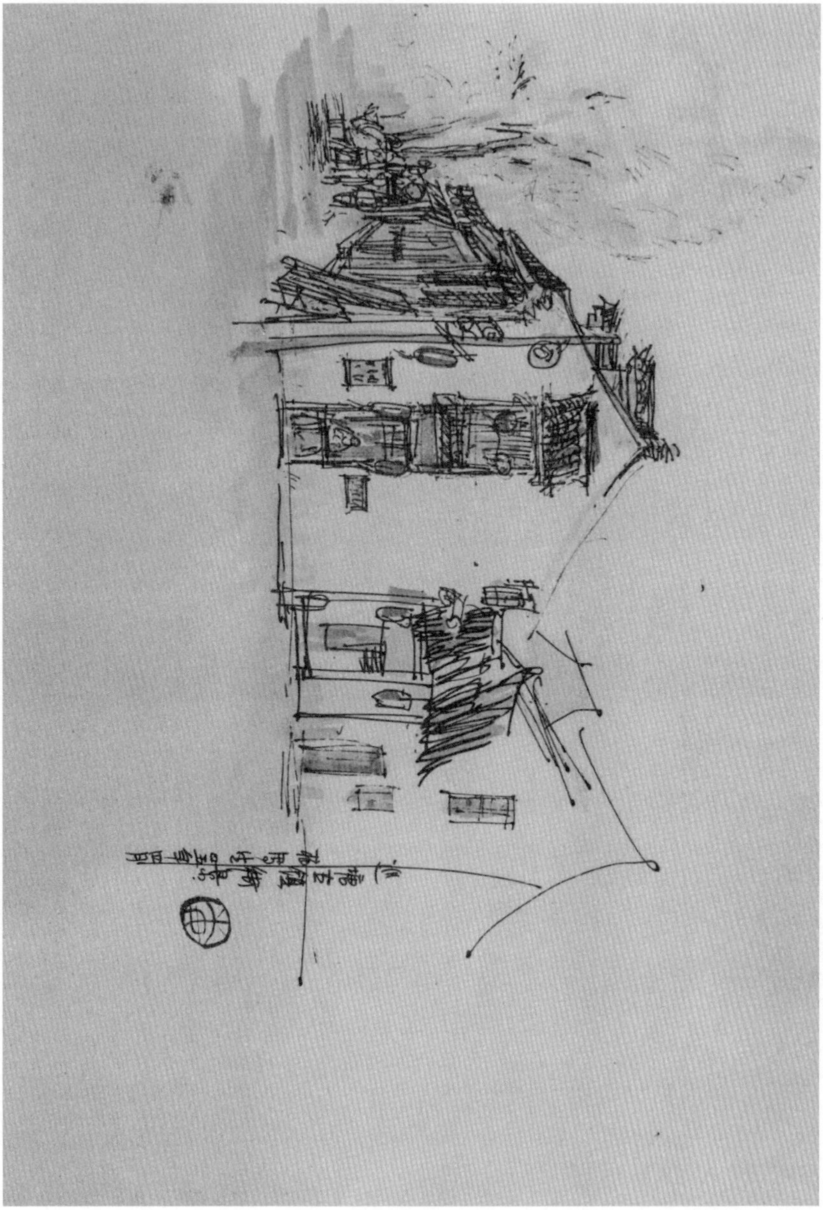

刘淑梅　绘

21. 观影有感

深夜,朋友来电,说了个他的一个同学与婚外情人断交的故事。

他的同学对他说：

昨天下午我的那个李姓女友约我喝茶，我欣然赴约。没想到，她是来跟我谈分手的。她说，我们分手吧，原因你别问了。

我怎么可能不问清楚弄明白分手的原因呢？我说是不是因为几天前你生日，我没有送你礼物，你觉得我不如过去那样对你好了？她否认，她说，你应该了解我的，我对你的感情与物质无关，别小鸡肚肠。我说，那你是不是怀疑我另有意中人？我再次重申，我对夫人的忠诚是我不讨第二个夫人，对情人的忠诚是不同时交两个情人。她也摇头，并说她信任我。

是你另有相好了，所以要和我分手？我将她一军！此法果然有效，她终于说出想与我分手的理由。原来，她昨晚看央视电影频道，看了前苏联的《静静的顿河》，里面有个情节：一个有夫之妇与邻家小伙有私情，结果被从部队转业回来的夫君发现后痛打一顿，并常常折磨她，让她生不如死。她看了这部电影心惊肉跳，生怕自己出国打工的丈夫日后回来也得悉她的不忠，同电影里一样，也痛打她折磨她。

这个世界真是无奇不有，怎么还会有如此的观影有感？我狠透了那个《静静的顿河》！

微友点评：

张节：女人的借口而已。（3月6日上午6:58）

圆圆：体罚看来比爱情有力。（3月8日上午8:30）

尚沃地暖：她还是爱丈夫的，丈夫是必备品，他只是她的消费品。（3月8日上午9:50）

《观影有感》由圣玛瑜伽推荐阅读

刘淑梅　绘

22. 停车原则

故事里的人是位大学教授。

有一次在南京，张教授开车带我去一家有特色的小饭馆吃饭。路上我们聊到一个话题——日常最大的消费是什么？我说，我因为出差多，最大的消费是乘高铁乘飞机和住宾馆，大约一年不会少于十万元。张教授说，我很少去外地，常年自己开着车在本市跑，最大的消费是两笔，一是汽油，二是路边停车被罚款。汽油费一年大约三万，罚款一年大约二万。

因违停一年被罚二万元，是个惊人的数字，难怪张教授将此列为大消费之一。我俩说着话，车不觉开到了那家小饭馆。奇怪的是张教授不停车，还在往前开找停车处。我问张教授，是不是罚款罚怕了，不敢随意路边停车了？他直摇头。他把车开到附近一条宽一些的马路上，在路边停了下来。

我们又步行八分钟回到那家小饭馆。席间，张教授跟我认认真真地讲了他的停车原则。他说，路边停车，我以不影响来往车辆顺畅通行，不破坏交通秩序为原则，所以一般停在较宽畅的马路边。比如这个小饭馆门口的路比较窄，尽管在这里停车不作违停不罚款，考虑到过往车辆不方便，我就不停了，而刚才我停的那条宽些的马路其实是要“贴纸”被罚的，但我觉得不影响交通，所以照停不误了。

坚持张教授这种停车原则的，我朋友中还有好几个。他们说，也心痛路边违停被罚款，但停车实在太难了，只能在不影响通行的情况下于罚款而不顾了。

对张教授的停车原则，我不知道交管部门怎么看？我不知道广大开车族怎么看？写下这个故事，测测民意。

微友点评

庄润雨：认同噢。(3 月 9 日上午 9:06)

巧克力多：当停在宽宽的马路上不被罚款，那么再宽的马路都会变成一条小巷。(3 月 9 日 9:08)

《停车原则》由善林金融推荐阅读

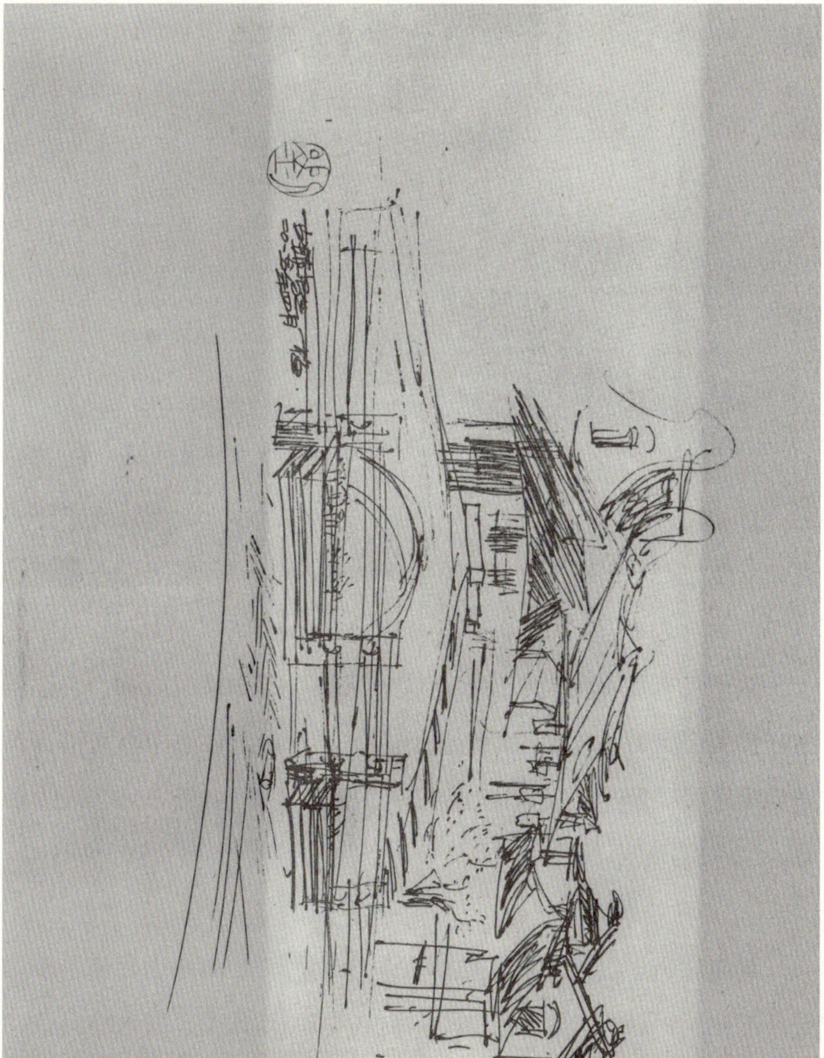

刘淑梅　绘

23. 貌似成熟的果子

这个故事是一位年已古稀的女知识分子讲给我听的。

自从我过了 70 岁生日，儿子就觉得我真的老了。老小老小，老人和小孩有相同之处，比如两者都接触社会少，会不太懂社会上的事。

儿子真有点把我当小孩，常常告诫我：如今世风日下，人心不古。要我在家听到陌生人敲门别开门，要我在外别和陌生人搭话，还要我别接受陌生人的帮助，说是没有无缘无故的爱，别人无故帮你一定别有用心。

我当然听不进儿子的“教诲”，但知道一时的辩论也无济于事，于是把儿子的话当耳边风，左耳朵进右耳朵出。儿子见我未有异议，还以为我接受了他的观点呢。

上个月的一天，儿子骑着电动车，一手握着方向盘，一手看手机屏，不小心撞上了路边的树，顿时满脸是血，一条腿也受了伤。此情此景被路过的小车司机见到了，他立马叫上同车的夫人，将我儿子扶上车，直奔附近医院，又是挂号，又是垫付医药费，直到通知我到了医院，才放心离开。看样子，夫妻俩都年轻着呢，大约 80 后吧。

儿子说，真幸运，这年头还碰上好人。借此机会，我对儿子说，一个人把社会看得一片光明，以为人人都是好人，是一种幼稚；但是如果把社会看得一片漆黑，以为人人都是自私鬼，也是一种不成熟。人有两只眼睛，应当一只用来欣赏美好，一只用来批判丑恶。

孔子说，五十而知天命。我儿子今年正好五十，可他好像"四十而不惑"都没做到。岁月仅仅让他世故了，没让他真正读懂人心和社会。我对他说："儿啊，你是一颗貌似成熟的果子。"

貌似成熟的果子！成年人啊，这是一个古稀老人对我们大家提出的警告！

微友点评

周广生：永远不要用一个概念给事物套上标签。（3 月 10 日凌晨 0: 35）

徐敏华：情商，思维方式，成长环境是这果子成熟的内外因。

人有两只眼睛看问题，比左右脑思考问题更重要。（3 月 10 日上午 7:51）

《貌似成熟的果子》由中科创江苏分公司推荐阅读

中科创金融集团成立于 2004 年，总部位于深圳，注册资金 2.11 亿，合并净资产 30.3 亿。截至目前，注册会员数量已超过 15 万名，累计管理资产规模 312 亿。集团以财富管理、家族办公室、产业基金、资本投资、互联网金融、互联网地产、地产金融、供应链金融为主营业务，配套中国财富俱乐部、中国财富艺术馆等高附加值平台，形成文化与综合金融相融合的服务体系。

中科创是深圳市政府认定的金融总部企业，两家上市公司大股东。经过十年的经营发展和战略布局，以北京、上海、广州、深圳、成都、江苏为核心的区域总部，辐射华北、华东、华南、西南、深港五大区域综合金融及跨境金融服务中心。

第十三届博鳌亚洲论坛银牌级战略合作伙伴，第二十一届 APEC 铂金级赞助商。作为 APEC 工商领导人峰会“铂金赞助商”，与其他世界 500 强企业铂金赞助商享受同等级名誉权。

中科创江苏分公司热线：0510-85807908

地址：无锡市梁溪路 51 号万达广场 A 区 27 层

刘淑梅　绘

24. 知足者苦

一个老同学数年不见，新近见了我用自己的人身经历狠狠批判了“知足常乐”这句话。下面是他讲的他自己的故事。

我从小在家接受了知足常乐的教育，长大以后发现社会上持知足常乐观点的人也挺多的，好像佛教也提倡知足常乐，于是我信以为真，时时处处提醒自己对现状要知足，认定只有这样才能常乐。可是我从少年到现在接近老年，几十年过去了，知足倒是坚守的，可常乐就是不来，所以我现在怀疑知足常乐这个说法了。

20 岁那年，高中毕业的我遇上了恢复高考的大好机遇，本来我可以去参加高考，争取做个大学生的，可知足常乐的念头让我止步了，想想父辈都是小学生，自己已是高中生，知足常乐吧，于是放弃了高考。

1992 年，邓小平南巡讲话后，全国进入了市场经济，一流人才纷纷下海经商。当时也有几个朋友邀我一起创业，我也心动过，可最后还是知足常乐占了上风，没有行动。

早年没上大学，使我没机会找到更好的工作，至今还在一家劳动环境很差的企业当操作工。后来没下海经商，使我失去了富起来的可能性。现在想想,知足常乐的想法如鸦片,是麻痹人的意志的。我的经历证明，知足了，无追求了，不努力了，就会不足，不足就离快乐远，跟苦难近。

我现在明白了，尽管奋斗是要吃苦的，但苦中有乐，有美好的前途和未来。平凡的人同样注定要吃平庸的苦，而且此种苦里没尽头，没甜头，没希望!

读书是进步的阶梯，不知足也是进步的阶梯!

微友点评

李永富：正能量。(3月10日下午9:45)

巧克力多：深有同感。(3月10日下午9:50)

江卫明：好故事！有道理！（3月11日凌晨0:38）

刘淑梅　绘

25. 不过生日的理由

一个朋友讲了他的朋友不过生日的故事。

我有个朋友，乐于参加别人的生日聚会，却从不过自己的生日。我们问他，为什么不过生日？理由是什么？他答，因为找不到过生日的理由！

他说，自己出生在哪一天，是3月11日，还是911，都没什么关系。这个世界上每一天都在出生人，每一个人都有自己的生日。凡是人人都拥有的东西，都是不稀奇的，没什么纪念意义！假如这个人发表了一篇对人类有价值的论文，或者研究出了一项填补空白的科研成果，倒是可以为这个人的这件事庆贺一番。

他说，有人祝他生日快乐！他想，一年365天，他要的是天天快乐，光生日快乐有什么用，远远不够啊！

他说，有人送他生日蛋糕。他想，自己是喜欢吃蛋糕的，可想不通蛋糕和生日有什么关系?

他说，蛋糕上还有那么数根蜡烛。他想，蜡烛又跟生日有什么联系呢?

他说，过生日的人还要先许过愿，再吹蜡烛。他想，实现愿望就那样容易吗?

他说，据说过生日还要吃面。他想，面条长跟寿命长有什么关联?

他想来想去,找不到过生日的意义。他说,没理由的事不做也罢。

微友点评

张蓉:我们需要很多庆贺的理由,让有时灰暗的人生点亮一下,乐呵一下嘛。(3月11日上午7:08)

舒雅：过生日其实让大家记住这一天妈妈的痛苦与喜悦。祝生日快乐！（3月11日上午8:08）

刘淑梅　绘

26. 一个收费员的腐败史

在茶室，一个收路边停车费的人对和他一起喝茶的人说着自己腐败的故事。

两个住宅小区之间有条路，路边可停车，可要交停车费。我是这条路上收停车费的。这份工作不错的，毕竟有点权，我有权收停车费，也有权免了亲戚朋友的停车费。

起先，我除了利用职务之便照顾亲友，其他腐败是没有的。后来，慢慢的，向同行们学起以权谋私来了。比如，停车者主动提出不要发票，停车费由 5 元降为 3 元，我原先坚持原则不接受的，后来习惯了，觉得便宜了停车者，还肥了自己，蛮双赢的。现在，停车者给我 5 元的，我也尽量不给发票，对方一定要，我也会提醒他们，不要发票可优惠。

细细想来，我不是有点受贿和索贿的味道了吗？还有，为了不让领导查处我的以上行为，保住我现在的岗位，我常常给领导送些礼，给个红包。这大概就是行贿吧。

据我了解，其他几乎所有收停车费的人，都犯有与我同样的腐败。这说明，这不是一个简单的人品问题，也不是一个教育问题，应该是没有制度约束的问题吧。

想想那些有权的大官小官，假如没有笼子把他们的权力关起来，他们本人就有风险被关进监狱的铁笼，那些被查处的老虎和苍蝇不就是如此的下场嘛。

听了这个收费员如是说,觉得他虽然有点腐败,头脑还是清醒的。

微友点评：

陈颖：大有大的腐败，小有小的，没人管都一样。（3月13日上午10:01）

茉莉：小小收费员年薪不低。（3月13日上午9:10）

《一个收费员的腐败史》由华润橡树湾推荐阅读

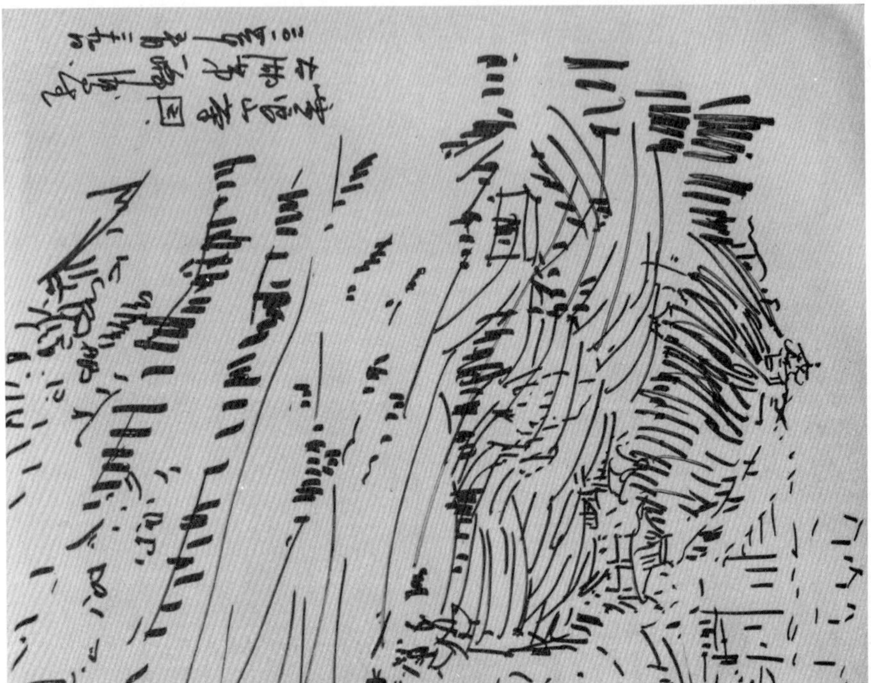

刘淑梅　绘

27. 赌场的差错率

世界上没有完美无缺的东西，再精密的零件，加工时还允许有那么一点误差。

正规的赌场，发牌用机器，以免人工作弊。可再聪明再细心的发牌生也难免看错牌——明明闲家的牌大于庄家，看成庄家赢；明明闲家的牌小于庄家，看成庄家输。

发牌生看错牌，利于闲家，闲家会笑纳；发牌生看错牌，利于庄家，闲家会“维权”。所以，在发牌生看错牌的问题上，庄家是吃亏的。为了尽量控制发牌生看错牌，赌场规定了一个差错率，超过差错率，则发牌生轻则会被罚款，重则会被解雇。

我的一个朋友是加拿大一家赌场的常客，新近他回国，跟我讲了个有关赌场差错率的故事。

在加拿大温哥华，好山好水好寂寞，我天天去赌场玩。去赌场没有自控力是很危险的，十赌九输，输得倾家荡产的例子举不胜举。有人喜欢赌，怕大输，便控制自己——不去赌场。此类人其实算不上有自控能力，因为他们一旦参赌了，也许就不可自拔。真正有自控力的人，我算一个，我每次去赌场，输赢严格控制在一百美元，输了便走，赢了也停。这样的自我约束，我坚持了 20 年。说句玩笑话，我这样的人可以为官，因为就是贪，也不会超过一百美元。

言归正传。有一天在赌场，我照例玩 21 点，照例每次押 5 美元。这天见了鬼了，居然每押必输，连输 20 把，100 美元不到半小时便输光光。正在我垂头丧气站起来欲离席时，那位与我一对一对赌熟识多年关系颇好的发牌生说："李先生再赌一把，押一百，也许可把今天输的赢回去。"他说话间，还给了我一个神秘的眼色。

我意识到他是想帮我，以为他有手法作弊，可以确保下一副牌我大他小，我赢他输。于是我遵命——再押一回，押一百。机器里的牌出来了，还是我小他大。正在我郁闷，怀疑自己上当时，他故意看错牌，递给我一百元筹码。

过后，乘着一起上卫生间，我问他："赌场有探头，你公然作弊，被发现怎么办？"他轻松一笑："没事，赌场有差错率，我平时几乎没出差错，这回把差错率送给你了。"

走出赌场，我想，真是上有政策下有对策啊，明明是控制发牌员出差错的制度，现在反过来，成了发牌员钻空子的漏洞。这个拥有加拿大籍的中国人——发牌生真“聪明”。

微友点评：

徐敏华：这同胞在这场合工作依旧很善良。（3月15日下午2：22）

刘淑梅　绘

28. 掼蛋识英雄

据说有丈母娘麻将台上挑女婿的，因为打麻将可把一个人的性格显露无疑，是急躁还是淡定，胜了是保持清醒头脑还是忘乎所以，败了是沉着应战还是气急败坏，还有那智商，一场麻将下来，十有八九看清楚了。

新近听说一个掼蛋识英雄的故事。这个故事是一家大企业的董事长讲的。

一年前我公司招聘 CEO，十八个人前来报名，在看了应聘者提供的个人资料，以及笔试面试以后，其中十六个人立即淘汰了。剩下的两个，各方面条件都差不多，两选一选哪个好？当时正难住了我。

有个朋友给我献计：打一场掼蛋，让他俩做对家，看他俩在这种游戏中的表现。我采纳了这个有趣的建议。两个小时的掼蛋中，一个表现出个人英雄主义，只管自己争上游，全然不顾对家死活；一个善于与对家配合，拿了好牌拉对家一把，拿了坏牌奋勇杀敌，牺牲自己，保全对家。

掼蛋识英雄，掼蛋定取舍。那个只顾自己争上游不善与对家相配合的被否了，那个有团队精神的被录取，成了公司的 CEO。

这个董事长说，领导就是服务，领导就是协调，一个 CEO 假如只会自己做事，不善于从大局出发，照顾到方方面面，整合团队资源，企业是搞不好的。一年来的实践证明，掼蛋识出来的英雄，果然不负我的期望，带领企业取得了不俗业绩。

微友点评

徐敏华：领导是相应规模的组织者，去共同实现相对的目标。（3 月 18 日下午 1:12）

刘淑梅　绘

29. 解读《狼来了》

早春二月，去锡惠公园散步，在映山湖畔，不知不觉与一位白发苍苍的老太太聊了起来。

老太太问我，看你这年龄，小时候读过《狼来了的故事》吧？我说读过。

老太太又问，老师如何解读这个故事？我答，老师教导我们说，说话做事要诚实，别学那个放羊说谎的孩子，说谎的后果很严重，到狼真的来了，再说真话就没人信了，喊救命无人救，落得被狼吃掉的下场。

老太太再问，老师就没有从别的角度解读过？我说没有。

“那我就来从另外的角度解读下《狼来了的故事》，你听听有没有道理。”老太太接着说：“在我看来，这个故事说明，人们往往会犯经验主义的错误。那些在山下劳作的农民，怎么能凭那个孩子先前曾两次说谎，便断定他第三次必然也是说谎呢？！事实上，我们信任一个人，只能有限信任，以前可信，不等于现在可信，这件事上可信，不等于那件事上可信。同样，我们不信任一个人，也只能有限不信任，以前不可信，不等于现在不可信，这件事上不可信，不等于那件事上不可信。”

老太太最后问我，同不同意她对《狼来了的故事》新解？同不同意她有关信任问题的观点？我说同意，我也是这么思考的。

微友点评

亚如：好！（3月16日上午7:28）

徐敏华:信任和契约一样,一件一件来评估。(3月18日下午1:07)

刘淑梅　绘

30. 无所适从

邻居有个今年 9 岁的小男孩，和我蛮投缘的，我俩成了忘年交。下面的故事，发生在他身上。他说：

去年，我在一本《成语词典》上读到“敢为人先”四个字，很受鼓舞，决心长大以后要敢作敢为敢为人先，做出一番事业来。

可今年初，我又在一本《老话集》的书里看到“出头的椽子先烂”、“枪打出头鸟”的文字，让我有点消极，觉得还是低调、保守些好，这样安全，毕竟安全比有出息重要。

不过，我还是有点不甘心，我想我是男子汉，该努力向上争先进，我不愿平庸，平庸是想想都可怕的。

在“敢为人先”与“出头的椽子先烂”、“枪打出头鸟”之间，我无所适从。中国的文字啊！中国的文化啊！

微友点评：

大秦雪:很有道理啊，在这些时候，更需要家长老师引导启发。（3月16日上午6:12）

Agela：中国文化，妙就妙在尺度掌握与分寸之间。（3月16日上午6:20）

徐敏华：才九岁，开始感受中国文化的世故了。（3月18日下午1:05）

刘淑梅　绘

31. 分手理由

恋爱谈谈不谈了，包养二奶中止了，结婚以后离婚了，统称分手。分手的原因有种种，可下面故事中一对男女分手的理由，任你有再好的想象力，也是不可思议的。

这个故事是我的一个微友说给我听的。

我有一个关系甚好的男同事，前不久与新婚的夫人分手了。分手是男方提出的，理由怪怪的。他说，女友长得漂亮，性格也温和，可他与她语言不共同。比如，他称她夫人或妻子，希望她称他夫君或先生，可她偏偏叫他“老公”。再比如，女人例假来了，她不说例假或月经，说什么“大姨妈”来了。

他说，“老婆”、“老公”，“大姨妈”之类的，多低俗呀，多没文化啊。要是出于山沟沟里的农民之口，倒也罢了，可她是大学中文系毕业的呀，怎么能如此堕落呢！可恨的是，这种低俗的语言，她不光在家里私下说说，还在他的一些知识分子朋友面前说，真让他无地自容。

我说，那你应该提醒她呀，让她改口就是了。他说，为此多次批评她了，可她就是不改，还说什么中央电视台主持人也在电视节目中说"老婆""老公"呢。他说他认定她有文凭没文化，不可救药了，所以只能分手了结。

我说，你是因其他原因才想离婚的吧，所谓语言不共同只是借口。他一口否定，坚称实在是接受不了夫人称自己"老公"，称例假"大姨妈"！

微友点评：

洛梅：语言是思想载体，言行不一，思想难共。（3月17日凌晨3:39）

徐敏华：男的不接地气，女的喜欢俗气，不配套。（3月18日下午1:00）

刘淑梅　绘

32. 一个幼儿的逻辑

这个故事是一个当外公的人讲给我听的。

我的小外孙唐境远今年三岁整，很是不喜欢去幼儿园，父母强行把他送去，他无可奈何。

在幼儿园，他“坏事”干尽：一会儿因争水喝在邻座的小朋友脸上抓一把，弄得这个小朋友脸上有伤痕，哇哇大哭；一会儿用脚像踢足球一样踢小椅子，把数张小椅子踢个底朝天；一会儿把教室的门打开，又使猛劲关上……

唐境远和他的妹妹唐境瑶

去幼儿园接他时，老师对我数落不止他的种种不是。

回家路上，我问小外孙，为什么在幼儿园做下那么多“坏事”？

他脱口而出：“因为没好事可做！”

微友点评：

远方的天空：束缚和管制的幼儿教育，就真的没好事做。（3月17日上午9:14）

大秦雪：太可爱了，这难道不值得家长和老师们反思么？（3月17日上午9:38）

《一个幼儿的逻辑》由卓玛泉会员俱乐部推荐阅读

刘淑梅　绘

33. “亦受”的来历

我有一个颇有点名气的作家朋友，有生以来发表文章数千篇，还出了几本有点影响的畅销书。他著作署名通常用真名，偶尔也用笔名。他的笔名叫“亦受”。

亦受，什么意思？有一次，我问他，此笔名有何深意或来历。这一问，还引出一个故事来。

四十多年前，我上初中时，一则长得还算英俊，一则作文常被老师表扬，且张贴出来供同学学习，颇有几个女生喜欢我。这可不是吹牛，有情书为证。初中三年，先后有三个女孩给我写过情书。“亦受”，就是情书里的文字。整句记得是这样的：“心爱的英俊的张，你见了漂亮的姑娘动心吗？你想过亦受问题吗？”

亦受问题是什么问题？我一晚上百思不得其解。第二天凌晨，突然开悟：大概是那个漂亮脸蛋笨肚肠情书写作者将恋爱写成亦受了吧，亦受问题该是恋爱问题。

我给她写了封短短的回信："漂亮的姑娘，我对恋爱问题尚无兴趣，可对亦受问题大有兴趣。"

那个"亦受姑娘"再见我时，脸红红的。为了纪念她，也为了纪念我美好的少年时光，我以"亦受"为笔名。

微友点评：

高云红：太有意思了，温暖的故事。(3月17日下10:47)

伊茶：纯真年代。(3月18日凌晨0:23)

刘淑梅　绘

34. 批评

听来这样一个故事：

一对母女在超时购物。母亲半老，风韵犹存；女儿少年，风华正茂。她们在超市逛了一小时有余，选购的物品装满了一辆购物车。

在收银处，母亲要女儿用过年的压岁钱付款。女儿允诺，可摸遍身上所有口袋，不见钱之踪影。她确定随身带的，是失窃了。

母亲见状，一个劲地批评女儿："你的心在哪里？自己口袋里的钱都看管不好，你也太粗心大意了！你别怪小偷，你自己有问题，你要反思，你要吸取教训。不然的话，你以后还会被偷的。"

女儿挨批，低着头一声不吭，眼神里似有委屈。

母亲随手掏自己口袋，无奈和女儿一样，身上的钱不翼而飞。

她时而愤怒，时而尴尬。此时女儿在身边弱弱地说：“妈，我不批评你；我知道，错在小偷。”

微友点评：

高韵冽：这个好。诚意点赞。（3 月 20 日凌晨 1:00）

许明峰：经常教训别人的人往往被事实教训。（3 月 20 日上午 7:03）

李凌：女儿太可爱了，小偷也太缺德了！怎么着也不能把母女俩的钱都偷了。（3 月 20 日上午 7:15）

刘淑梅　绘

35. 小偷来信

我的一个很铁的朋友日前苦着脸对我讲了一个发生在他身上的故事。

新近我在一本书上读到这样一个故事：一位禅师住在茅屋中修行。一晚，他在林中散步，月光皎洁如水。当他回到小屋时，见一小偷在房中偷盗却一无所获。禅师把自己的外衣脱下来，等候在门口，当小偷出来时，说："对不起，你跑很远的路来看我，总不能让你空手而回呀，夜凉了，请披上这件衣服走吧。"小偷先是谔然，继而拿着衣服低着头跑了。翌日，禅师打开门，见门口放着他的那件衣服，叠得方方整整。他欣慰地说："我终于挽救了一个人。"

我被禅师的慈悲打动了，心想，以后碰上类似的事，定要仿效禅师的做法。说来也巧，没过几天我出差回家，竟然也遇上前来偷窃的贼了。看他惊恐，我连声安抚，叫他别怕，并掏出一百元相送。小偷带着奇怪的眼神快步走了。

第二天早晨，我在紧靠大门的地上看到一封信。打开一看，是昨天的小偷写来的。上书："尊敬的先生，在我眼里，你是一个虚伪的人，你赐我一百元，是为了证明你道德比我高尚一千倍。同时想贿赂我，让我以后去偷别家，别再光顾你家。另外，你明知我是偷窃的犯罪分子，你却知情不报，这是违反法治精神的，犯有协助犯人逃跑罪。你想想吧，你的错，你的罪，已经超过了一个小偷的过错和罪行。现在，在我面前，你还有道德优越感吗！"

我始料不及会收到这样的信，肺都要气炸了。不过心平以后想想，这个小偷还真有点思想水平。

微友点评：

周海瑜：哈哈哈哈，高老师我正在翻看一些以前的东西，看得有些失落感，突然听到手机的提示音，有幸看到你这篇文章后，大笑起来，由衷的笑。如果这个故事是真人真事的话，我觉得更有意思了，小偷真是逗。（3月22日凌晨1:23）

徐敏华：这个小偷有文化，内心有尊严，不知是生活所迫，还是业余爱好。也可能是人格分裂。（2月25日上午9:36）

《小偷来信》由莫梵瑜伽推荐阅读

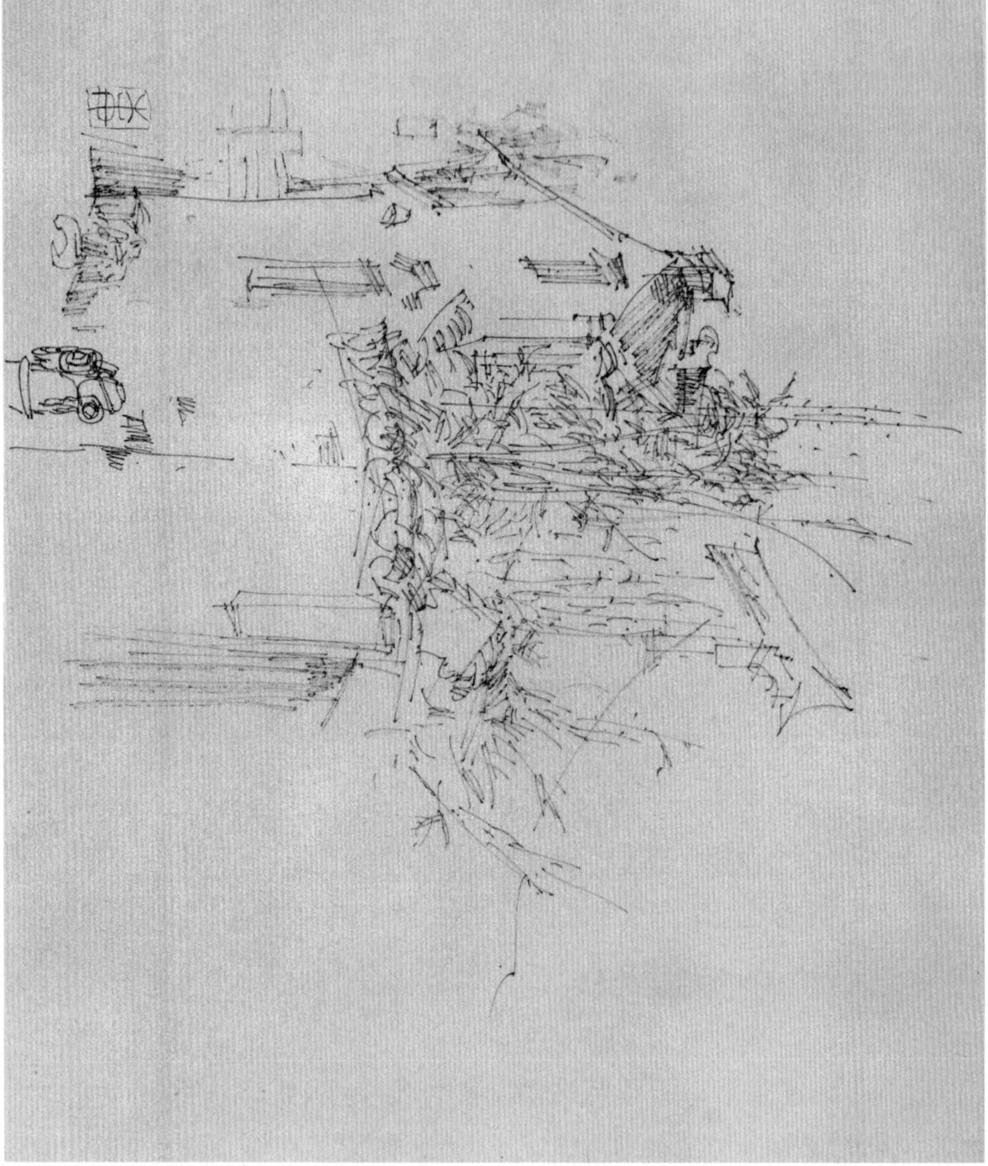

刘淑梅　绘

36. 一夫多衣

一个意大利女人通过翻译给我讲了这个故事：

我是一个服装设计师，专为男士定制西装。新婚之夜，我对夫君说，我们国家不允许一夫多妻，我也不接受你另有新欢。但你有了我这个妻子，我会一年四季为你设计定制高品质的西服，让你一夫多衣。

我说到做到，结婚十年来，为他制作了数十件面料款式做工均一流的衣服。一夫多衣，好处还真不少：其一，他天天穿着我为其精心做的衣服，好像我就在他身边，很是亲切，很是温暖，加深了感情，保鲜了爱情。其二，无意中他成了我的服装模特，吸引他朋友圈一批人成了我的客户，让我们多赚了一些钱。其三，服装对一个人也是一种规范和暗示。穿正规的衣服，这个人就不习惯有随随便便的举止；长期穿优雅的服装，这个人也会变得越来越优雅。

我发现，中国的女性普遍还是蛮讲究穿衣打扮的，大可与我们意大利女人一比高低，可中国的男人似乎大多不如意大利男人讲究“一夫多衣”，尤其是衣服的品质。

微友点评：

许明峰：“衣冠文化”衣是最能体现一个国家民族的文化。（3月30日上午9:16）

徐敏华:很有道理。中国男人，上了年纪的，服装没与时俱进。这设计师对保鲜爱情很有创意，因为她很珍惜一夫。（3月31日上午6:30）

刘淑梅　绘

37. 正中下怀

一个喜欢喝酒的人讲了这个故事。

我十八岁就爱上了喝酒，如今年过半百还能一次喝两斤白酒。有一次应朋友之邀参加一个聚会，我准时赴席。席间，主人向三位没有迟到的客人分别敬酒一杯，要求迟到超过十分钟的罚酒三杯。

我当时就后悔没有迟到，因为所敬之酒和所罚之酒是一个品种——泸州老窖。这种酒正是我情有独钟的，纯粮食酿成，口感特好，喝多了也不会头晕脑胀。要是被罚喝这种酒，而且一罚就是三杯，该多好啊！既正中下怀，又不会被人说贪杯，还得一个酒品优的好评。

从那以后，凡有朋友邀约吃饭喝酒，特别是知道有泸州老窖喝，我每每故意迟到一段时间，以争取被罚酒三杯的机会。

我发现，生活中被罚而正中下怀的事还大有。比如我喜欢唱歌有一次朋友请我去卡拉 Ok 唱歌，我迟到了半个小时，结果满屋子的人说，迟到者罚歌三首。我好开心，我巴不得让我唱歌呢！

我想，罚，应该罚在被罚者痛处才有效，假如罚的内容正好中了被罚者的“下怀”，那就起不到警示作用，反而是一种鼓励！

微友点评：

洛梅：确实高明。（4 月 4 日上午 9:15）

茉莉：投其所好，正中下怀。（4 月 4 日上午 9:24）

刘淑梅　绘

38. 铜臭味

这是一个真实的故事，因为故事系讲述者的亲身经历。

我是一个高材生，研究生毕业。毕业后在一家民营企业当文秘，业余喜欢写写诗歌和小说。

我所在的企业效益良好，普通员工年薪七八万，我的年薪有十几万，而几个小股东收入在百万左右，至于大老板，年收入超千万。

我平时知足常乐，觉得金钱解决生计便好，多余的钱，一味追求金钱，便有铜臭味。我不仅这样想的，还常常这么说，有时候还把这个观点写成文字发表。我自视很高，只看得起有文学才华的人，看不上政客，也看不起赚大钱的铜臭味者。

去年夏天，我夫人患了尿毒症，数十万的医疗费难住了我。因前些年花一百多万购置商品房，又花数十万送儿子出国留学，我已用尽了所有积蓄。朋友们见我有难，纷纷一千一万相助，可尚缺十万元手术费。正在我近乎绝望时，我的老板登门送上二十万，言称，你先用吧，以后方便时再还我。

老板走后，我把两大捆钱抱在怀里，感动得热泪盈眶，扑鼻而来的不是铜臭，而是阵阵香味！

从此，我的脑海里再没有铜臭这个词，自然再也不会说不会写“铜臭”，且为以前有铜臭意识而惭愧。

微友点评：

孟广海：商人、大作、期待。（4 月 4 日下午 6: 34）

许明峰：财富的价值不在于你拥有多少，而是在于你用这个财富做了多少有价值的事。（4 月 4 日下午 7:30）

《铜臭味》由银众财富推荐阅读

刘淑梅　绘

39. 我们不干了

在一次商道交流会上,常州一位服装经营者讲了这样一个故事。

一年前，我在一条还算热闹的街上开了一家服装店，专门经营国外著名品牌的尾单服装。这种服装品质一流，价格却不贵，很是实惠。可由于马路上服装店多多，我的店并未引起消费者注意，故而生意比较清淡。

听说有位张先生营销策划有一套，我便请他来出出主意。他给出的办法是：在店面门头上拉一大大的横幅，上书“我们不干了，我们跳水价甩卖所有商品。”

我听其言，如法炮制。“我们不干了”吸引了无数过路客，弄得我们服务员应接不暇，店内商品三天内销售一空。我们的服装还是那样的服装，我们的价格还是那样的价格，我们的服务还是那样的服务，就因为“我们不干了”抓住了顾客的眼球，拉他们上门，我的服装店由冷清转为宾客盈门，由亏损转为大赚。

自从“我们不干了”，我开始了大干，连续开了三家分店。每次开店不放鞭炮不搞开业典礼，而是在开店一个月左右，均来一次“我们不干了”。这一招，屡屡见奇效。

微友点评：

吴敏丽：营销高手！（4 月 11 日上午 10: 00）

周锦：这个真正有创意啊！（4 月 11 日下午 2: 43）

《我们不干了》由杨柳风学堂推荐阅读

杨柳风学堂专注于青少年阅读和写作养成。以自识融多元、以自信塑成长、以自由得未来。

刘淑梅　绘

40. 您打错电话了

今天听到这样一个故事，故事是一位优雅的女士讲的。

昨晚我接到个陌生人的电话："小李啊，我今天碰上的几件事太有戏剧性了……"没等我说:"小姐,您打错电话了。"对方接着说："我上午出门横穿马路，见一辆电动车从右边快速冲过来，为保安全便后退两步，不料被左边驶过的宝马车擦了一下，摔倒在地，好在没伤筋骨，仅破了一点上衣。宝马车主怕110警察来后一时走不了，平添麻烦，主动给我一万元私了。"

"因祸得福的我路过一个玉器店，见一紫红色的手镯美极了——光滑而又透亮。经还价，一万元成交。"

"傍晚回家，我哥哥一个懂珠宝的朋友正好在场，我拿出那只玉镯请其鉴赏。他稍一验看，说，此镯劣货也，仅值你身上那件破衣服的钱，顶多300元。"

"小李，你说我今天遇上的事有趣不有趣？"

我说："还有更有趣的。小姐，您打错电话了！"

微友点评：

舒雅：故事中趣中有趣。（4 月 12 日下午 9:24）

周悦：好有禅机。（4 月 12 日下午 9:25）

徐敏华：这故事精彩，可以参加微小说赛。（4 月 15 日下午 10:22）

刘淑梅　绘

41. 取色有道

朋友从法国回来，讲了这个故事。

我在法国讲学期间，交了一个很有意思的法国朋友，他自称多情而不色情。他说，你们中国人讲“君子爱财，取之有道”，我们法国人提倡“君子好色，取之有道”。

为了说明如何才叫“取色有道”，这个法国人举例讲：比如一对男女初次见面，男方要把握手的主动权留给女方，以示尊重，以防女方不乐意握手而强人所难。比如，男女双方互有好感，男方欲表达自己的恋情，初级阶段宜“君子动口不动手”，可以美言，不可肌肤相亲。比如，男女情感发展至中级阶段，男方欲碰女人，当以仅接触手为好，万不可去摸大腿、屁股、胸部。只有男女双方感情进入高级阶段，男女身体之接触才可百无禁忌，放任自流。

这位从法国回来的朋友感慨说，法国人普遍多情，中国人普遍

“多性”，且取色无道。

微友点评：

张语轩：西方国家对女性的尊重，与我们老祖宗留下的道德经精髓相同。（4 月 14 日上午 10: 13）

徐敏华：这三十年来的一部分中国人普遍多性，且取色无道。（4 月 15 日下午 10: 16）

刘淑梅　绘

42. 裁缝被杀

这是一个听来很久，至今记忆犹新的故事。

故事发生在 1983 年。一个年轻漂亮的女裁缝，被雇去一户人家做衣服。衣服做完那一天，女裁缝乘雇主不注意，将床头柜上的一块上海牌手表偷入口袋。

雇主是一位 30 岁出头的年轻人，那天正好夫人出差在外。当跟女裁缝结帐时，他发现她神色慌张，顿生疑惑，急忙去房间察看，见手表不翼而飞，断定是她所为。

他要搜她身，她知道无法抵赖，便承认错误，请求宽恕，并声明不要工钱了。他不答应，非要送她去派出所。她下跪再求，他说，除非你让我睡一次。她含泪屈从。

一番云雨后，他对她说："你可走了。"这回她不答应了，说："你强奸我，罪大于我偷。”硬要拉他去派出所。他后悔莫及，知道对方“以其人之道还治其人之身”了。他主动让她开个和解条件。她伸出一只手，做了个 5 字的手势。他问，500 元？她答 5000 元。他还价，她分毫不让。

他说：“好！你等着！”他去厨房拿来菜刀，连砍数刀把她杀了。

微友点评：

柏霖：阿弥陀佛。（4 月 14 日上午 11:42）

张语轩：凡事不可过也，每个人的底线，中庸之道。（4 月 15 日凌晨 5:25）

刘淑梅　绘

43. 不要打折

顾客要打折，商家不愿意，这是常态。新近听说一个商家愿打折，顾客不要打折的故事。

有个叫朱哲的女人，因买东西超有能力让商家打折，被圈子里的人取外号为朱打折。

有家服装店卖女装，通常打八折，亲友打七折。非亲非友的朱打折一方面与店主套近乎，一方面指出商品这样那样的不足，再一方面哭穷，说口袋里仅有多少钱，硬是花五折钱买到了自己称心如意的衣服。

朱打折去一家进口家具店买东西，事先做足功课，把某样家具在美国的零售价摸得一清两楚。当店家开价五折时，她信心满满压价至三折，因为她知道进货价是二折。一番讨价还价后，果然成交。

去年底，朱打折家地暖地板不慎被水淹。她打听到天格地板公司不仅为购买自家地板的客户提供免费的售后服务，而且为购买其他厂家地暖地板的客户照样免费解决有关地暖的一切问题，便电告之。天格地板公司果然践行承诺，为朱打折用心服务，使之非常满意。

因损坏的几块地暖地板必须替换，朱打折买了天格的纯实木地暖地板。付钱时，朱打折主动声明，不要商家打折。

朱打折说：“以前买东西习惯要打折，要多打折，是因为或了解商家暴利，或见商家服务不好。面对产品性价比高，服务又周的天格地板，我怎忍心再去还价呢。不要打折，是顾客对好企业的回报和鼓励！”

微友点评：

陶建生：在国外好多商品都报实价。（4月17日凌晨4:40）

刘淑梅　绘

44. 皇帝走的门

去承德旅游，住在承德的一家宾馆里。早餐时，邻桌的一位年轻人给我讲了这个故事。

我们单位里组织 100 个先进工作者来这里旅游、度假。昨天在皇家花园进门时，导游说，右边高大而豪华的门是皇帝走的，左边矮小而简陋的门是太监进的，现在各位可以自由选择从哪个门进园。

听了导游这番带有引导性的话，我那 99 个同事不假思索无一例外争先恐后地涌向那所谓皇帝进的门，一时挤得差一点出现踩踏事件。唯有我，毫不犹豫地从“太监门”进入。

一个人的路上没拥堵，我快步走向前方，回望那些同事们，高呼：“我走的是特供门，我才像皇帝呢，你们那么挤，倒像一个个可怜的太监。”众人始而哑言，终而大笑。

我和众人不一样的是，他们愿走“概念门”，我是哪门方便走哪门。按概念行事，从众，跟领头的走，是羊的特点，不该是人的品质。

微友点评：

宋小春：很耐人寻味，每个人都会有不同的思考，赞！（4月21日下午7:55）

王继永：哪个方便走那个。（4月21日下午8:05）

杨平华：有头脑。（4月21日下午8:46）

渔帆：不一样就是不一样。（4月21日下午9:50）

刘淑梅　绘

45. 明天的糖

故事发生在美国洛杉矶。

四十年前，美国洛杉矶有家幼儿园做了一个有趣的实验：老师给 50 个幼儿每人发了一粒糖果。老师说，小朋友可以马上剥开糖纸把糖吃了，也可以把糖交还老师，在老师这里存放一天，待明天来取时将得到两粒糖。

50 个幼儿中，39 名选择了现到手，或立即吃了，或先放在自己口袋里；另有 11 名选择了把糖交还老师，哪怕当下谗涎欲滴，也要明天的更多。

四十年中，这家幼儿园对那 50 个被实验的学生进行了跟踪调查，发现那些“现到手”的，长大以后还是以眼前利益为重，对未来缺乏理想和计划，不愿为今后的美好生活做铺垫，做一天和尚撞一天钟，混日子无作为。而那些要明天的糖的，则忍小谋大，忍近谋远，为心中的目标而不懈努力。

四十年过去了，当年要明天的糖的，明显比要“现到手”的，有出息得多，既为社会多作了贡献，又迎来了个人的美好生活。

微友点评：

周悦：受用。（5 月 2 日上午 9: 02）

李凌：真是应了句老话：从小看到老。（5 月 2 日上午 9: 47）

刘淑梅　绘

46. 现实也是纸老虎

这个故事发生在我南京的一个文友身上。

他一条腿残疾，高考落榜，开一家水果店谋生。他对物质生活的要求很低，只求吃饱穿暖；对精神生活的要求很高，天天书不离手，天天动笔写作，天天做着爱情梦，声称非德才貌佳绝的女子不爱不娶。

在常人看来，他自身谈情说爱婚配的条件并不优，对女方的要求又那么高，大约会一厢情愿梦难圆。

他 38 岁时，梦中情人终于出现——她大学中文系毕业，28 岁，貌若天仙，粉他写的诗歌。他对她喜欢得失魂落魄。他从此每天写两首诗，一首为自由诗，发在微信朋友圈，供小众阅读；一首为爱情诗，微信上私发给她。

线上有感觉，线下见面是必然。线下，他俩聊得更好，更妙。她对他，从粉丝到文友到情人，是那样的自然而然，天经地义。

他俩的那层关系，慢慢被朋友圈和女方的父母发觉了。女方来自社交圈和家庭的压力很大，家外的压力停留在舆论上，家里的压力更是实在，寡言的父亲神色凝重，快言的母亲声称要断绝母女关系。

她有点犹豫了，对他说，现实很骨感，现实很残酷，爱情是理想，践行难上难。

他理念坚定，告诉她，现实也是纸老虎，经不起打，别怕！不信可以试一试：对外声称领了结婚证（其实没领），三年后假如觉得现实依然残酷，是只真老虎，你就向世俗让步。

他俩依计行事。一年后，母女恢复了母女关系，母亲说："想通了，你们小俩口和谐便是好。"三年来，在爱情的作用下，他创新经营模式，水果越销越旺，成了本市有名的水果大王。这下可好，人们纷纷赞美她识君有眼力。他俩的爱情，又成了美谈。

这对恋人深有感慨地说："理想是美好的，现实也可以是美好的。所谓的现实骨感，现实残酷，是对弱者而言，在强者面前，现实不过是纸老虎。

微友点评：

张语轩：每个故事都那么精准反映了社会现实生活。每个故事都带来生命的启迪。(5月3日下午12:10)

阿琛姐姐:好久没听见高老师的故事了。(5月3日下午1:27)

《现实也是纸老虎》由锦绣前程地板推荐阅读

刘淑梅　绘

47. 迟到

听说这样一个故事。

有个姓陈的先生，事业有成；有个张性的女士，才貌双全。在婚介所的撮合下，两人互有好感，乐意继续交往。

一个周末，陈先生约张女士在一家雅致的咖啡店见面，时间定在上午十点整。

9 点 55 分，陈先生先到，选了一个小包厢，并点了水果和小吃。他微信告知张女士："已到，一号包厢。"张女士微信答复："习惯晚睡，早晨起得晚，会迟到半小时，望谅！"

此刻的陈先生没生气，他理解她，设想她这个白领，平时晚上或加班加点，或看书学习，睡眠不足，乘着周末睡个懒觉无可非议。

他去大厅取来一本杂志，边阅读边耐心等候新交的女友。

半个小时过去了，女友未到。他想，也许堵车吧？40分钟过去了，女友未到。他想，也许路不熟，还在找吧？50分钟过去了，女友未到。他想，或许到了，在找停车位吧？一个小时过去了，女友未到。他除了想到车祸，想不到其他恰当的理由了，便电话询问。张女士答："陈先生，容稍等，我正在美容美发店，为的是让更美丽的自己出现在你眼前！"

陈先生晕了，挂了电话，取出笔和纸。他在纸上写道："尊敬的张小姐，我宁愿见为了守时而披头散发的你，也不要见为了漂亮而严重迟到的你。在漂亮和守时不可兼得的时候，两害相权取其轻——漂亮轻于守时。"

陈先生结了帐，把纸条交给服务员，关照转交那个迟到的女人。

微友点评：

渔帆：价值观是根本问题！（5月17日上午9:08）

宋小春：守时不但是尊重对方的表现，更是一个人素养的体现。（5月17日上午9:54）

张语轩：遵守时间，是尊重别人的生命。（5月17日上午10:18）

《迟到》由无锡原粮工场食品有限公司推荐阅读

无锡原粮工场食品有限公司是专业研发生产健康营养米，产品特点是“好吃易煮、营养健康”。公司创始人、首席科学家李永富副教授是江南大学食品科学研究生导师，他采用独有的技术——糙米表面微缝技术、糙米与白米同煮同熟技术，成功解决了糙米难煮饭、口感差的两大难题，更多释放糙米中健康活性营养素，研发出适合小孩、年轻人和老人食用的糙米系列产品。

《皇帝内径》中说：“五谷为养”，谷物是人类赖以生存和发展的主食。谷物不但为人体提供能量、蛋白、脂肪等必要营养素，而且富含膳食纤维、抗氧化和生理活性成分，是人体健康不可或缺的、更是水果、蔬菜无法替代的。现代人的“三高”疾病、心血管疾病、便秘、慢性疾病均与原粮摄入不足密切相关，白米、白面加工去掉糙米、小麦中80%以上的健康活性营养素，导致现代病高发。

刘淑梅　绘

48. 空座位

故事发生在成都。

一对中年男女上了地铁。地铁里比较拥挤，一时没有空座位。他俩手拉着手，用另一只手拉着扶手。

车过三站，有了个空座位，男士让女士坐下，自己站着紧靠着女士，两人说着悄悄话。

车又过三站，又有了个空座位。空座位在女士的斜对面，约三米远。男士明明见了，却没过去坐。女士示意他坐过去，他未有反应。

女士抬头见正对面电视屏幕上在放连续剧，心想男士也许为了看它放弃座位。可发现男士视线不在屏幕上。女士听闻邻座在用收音机听股票信息，猜测男士不要座位是对股市有兴趣。可又见男士用含情脉脉的眼神在注视自己，分明注意力不在听外界的声音。

女士似有所悟，可不确定，便问个明白：“有空位，你干吗不去坐？”

男士答：“有位坐固然好，是利，可我觉得紧挨着你，身体与你零距离，更舒服，更愉快，因而更好，更是利。两利相权取其重嘛！”

男士言毕，女士迅即站起在男士脸上一阵狂吻。

车厢内众人愕然！

微友点评：

宋小春：两利相权取其重，此哲理指导人生各方面，有益！（5月20日上午10:26）

声过云霄：感情甜如蜜，一刻不分离。（5月20日下午1:28）

刘淑梅　绘

49，漫长的周末

一个初中男生说的这个故事。

他说，从周一到周五的五天，过得飞快；而周末两天，是那样的漫长。

他说，他知道其中的原因，那是因为，他爱上了同班的她。她美丽，她聪慧，她优雅，她善良，她解人意，她风情万种；她还钟情于他。他视她为极品，认定她是自己终生唯一的爱人。

因为同校又同班，周一到周五，他天天可以见到她。他的座位和她同一排，尽管不同桌，但只要双方配合，上课时还是可以眉目传情的。下课时，他可以轻敲她的桌子，她可以拉一下他的衣角，用各种无声的语言示爱。

周末，他俩似乎被屏蔽了，因为女方家管得严，她难于出门见他，又没有手机可以微信。他因不见她的身影，没有她的音讯，而相思，而寂寞，而苦闷，而忧郁，而无精打采。

苦想之下出妙计：他在纸上写上“爱你，想你”之类，去她住的小区，将纸条系在离她家最近的一棵树上。他与她约定，周六、周日晚上，她可以在那棵树上找到他“爱的文字”。此招，稍补了这对少男少女的周末相思之苦。

他说，以前学爱因斯坦的相对论，不甚了了；现在有悟了——因感受的差异，周末的两天会比上课的五天还漫长。

微友点评：

茉莉：初中生的爱情。（5月24日上午10:22）

声过云霄：青涩时光。（5月24日下午3:04）

洛梅：明明知道相思苦，却要独恋苦相思。（5月25日下午6:20）

《漫长的周末》由无锡亿丰时代广场推荐阅读

刘淑梅　绘

50. 丑甲

这个故事我是在一所大学里听到的。

她是大学中文系女教授，中年。一天下午，她去一家美发店剪发洗头。因昨晚失眠，她在剪发时竟然睡着了。

这家理发店新近增了个美甲项目，正在大力推广。老板见女教授睡着了，突然灵机一动，让美甲师免费为她十个手指美个甲，好让她醒来时惊喜，以后成为美甲的客户。

待十个手指美完甲，女教授醒了，见自己原先美丽的本色指甲，变成了张牙舞爪鲜红色的丑甲，俗不可耐，顿时怒火中烧，要求店家为她“复原”。可店家无能为力，且强调是出于好心，拒不道歉。

女教授请了律师，一纸诉状将理发店告上法庭。诉状列举理发店三条过错：一是在原告无知觉的情形下擅自在她手上做“手脚”；

二是将她的手指甲由美丽的肉色（上天创造的）改成了其丑无比的鲜红色，使她这个一贯倡导朴素、自然的人在大众面前，尤其在自己的学生面前无地自容；三是原先天然的指甲有排除肝脏毒素的功能，而涂了指甲油，就堵死了排毒的通路，严重影响健康。鉴于以上三条，女教授恳请法院判处被告赔偿精神损失费、容貌损伤费、健康受损费共计二万元整。

经法院庭外调解，此“丑甲案”以被告赔偿原告二千元了结。

微友点评：

李凌：我有过类似的经历，一次在美容院做美容，睡着了，美容师灵机一动自作主张，给我拔了眉毛，我引以为傲的自然眉形，一下子变成了细细的一条线。美容师以为我醒来会惊喜夸她，我真是哭笑不得，气坏了！想着她是好心办坏事，后来我也没追究她的责任。难看的眉毛伴随了我几个月，郁闷得很！（5 月 26 日下午 10: 37）

杨晓江：赔少了。（5 月 26 日下午 10: 56）

刘淑梅　绘